Rot wie Blut

Grausige Märchen und Sagen

Herausgegeben von Julian Auringer

Mit Illustrationen aus den Bilderbogen
des 19. Jahrhunderts

Anaconda

MIX
Papier aus verantwortungsvollen Quellen
FSC® C014496

Penguin Random House Verlagsgruppe FSC® N001967

Die Deutsche Nationalbibliothek verzeichnet diese Publikation in der Deutschen Nationalbibliografie; detaillierte bibliografische Daten sind im Internet unter http://dnb.d-nb.de abrufbar.

Umschlagmotiv: shutterstock / Black Salmon
Umschlaggestaltung: www.katjaholst.de
Satz und Layout: InterMedia – Lemke e. K., Heiligenhaus
Druck und Bindung: GGP Media GmbH, Pößneck
ISBN 978-3-7306-0908-8
www.anacondaverlag.de

Inhalt

Meine Mutter kocht mich,
mein Vater aß mich,
Schwesterchen unterm Tische saß,
die Knöchlein all all auflas,
warf sie übern Birnbaum hinaus,
da ward ein Vögelein daraus,
das singet Tag und Nacht

Der Machandelboom,
Brüder Grimm
(Anmerkungen, hessische Variante)

Wie Kinder Schlachtens miteinander gespielt haben

Brüder Grimm

In einer Stadt, Franecker genannt, gelegen in Westfriesland, da ist es geschehen, dass junge Kinder, fünf- und sechsjährige, Mägdelein und Knaben, miteinander spielten. Und sie ordneten ein Büblein an, das solle der Metzger sein, ein anderes Büblein, das solle Koch sein, und ein drittes Büblein, das solle eine Sau sein. Ein Mägdelein, ordneten sie, solle Köchin sein, wieder ein anderes, das solle Unterköchin sein; und die Unterköchin solle in einem Geschirrlein das Blut von der der Sau empfahen, dass man Würste könne machen. Der Metzger geriet nun verabredetermaßen an das Büblein, das die Sau sollte sein, riss es nieder und schnitt ihm mit einem Messerlein die Gurgel auf, und die Unterköchin empfing das Blut in ihrem Geschirrlein. Ein Ratsherr, der von ungefähr vorübergeht, sieht dies Elend: Er nimmt von Stund an den Metzger mit sich und führt ihn in des Obersten Haus, welcher sogleich den ganzen Rat versammeln ließ. Sie saßen all' über diesen Handel und wussten nicht, wie sie ihm tun sollten, denn sie sahen wohl, dass es kindlicher Weise geschehen war. Einer unter ihnen, ein alter weißer Mann, gab den Rat, der oberste Richter solle einen schönen roten Apfel in eine Hand nehmen, in die andere einen rheinischen Gulden, solle das Kind zu sich rufe und beide Hände gleich gegen dasselbe ausstrecken: nehme es den Apfel, so soll es ledig erkannt werden, nehme es aber den Gulden, so solle man es töten. Dem wird gefolgt, das Kind aber ergreift den Apfel lachend, wird also aller Strafe ledig erkannt.

Einstmals hat ein Hausvater ein Schwein geschlachtet, das haben seine Kinder gesehen; als sie nun Nachmittag miteinander spielen wollen, hat das eine Kind zum andern gesagt: »Du sollst das Schweinchen und ich der Metzger sein«, hat darauf ein bloß Messer genommen und es seinem Brüderchen in den Hals gestoßen. Die Mutter, welche oben in der Stube saß und ihr jüngstes Kindlein in einem Zuber badete, hörte das Schreien ihres anderen Kindes, lief alsbald hinunter, und als sie sah, was vorgegangen, zog sie das Messer dem Kind aus dem Hals und stieß es im Zorn dem andern Kind, welches der Metzger gewesen, ins Herz. Darauf lief sie alsbald nach der Stube und wollte sehen, was ihr Kind in dem Badezuber mache, aber es war unterdessen in dem Bad ertrunken; deswegen dann die Frau so voller Angst ward, dass sie in Verzweiflung geriet, sich von ihrem Gesinde nicht wollte trösten lassen, sondern sich selbst erhängte. Der Mann kam vom Felde und als er dies alles gesehen, hat er sich so betrübt, dass er kurz darauf gestorben ist.

Eine Gefälligkeit ist der andern wert

Christian August Vulpius

Es war ein angenehmer Herbstmorgen, als drei sogenannte Prager Studenten eine kleine Herberge verließen, ihre musikalische Reise, auf welcher ihre Kunst so gut wie die des Malers Conti*, nach Brote ging, fortzusetzen. Mit leichten Taschen und vollen Herzen wanderten sie auf ein Dorf zu, über dessen Stroh- und Schindeldächer ein stattliches Schloss sein Haupt stolz empor warf. Hier hofften sie Mäzenaten, Kunstliebhaber, Tafel und Zehrung zu finden. Sie verdoppelten ihre Schritte und um die Mittagsstunde, die manchem so gelegen, manchem so ungelegen, manchem zu früh und manchem zu spät erscheint, hielten sie ihren Einzug in das Dorf, still und bescheiden, nur begrüßt von kläffenden Kettenhunden und schnatternden Gänsen.

»Hört«, fing der eine an, »ich wittere Braten- und Küchengeruch! Überdies ist alles so feierlich still, es muss ein Festtag oder wohl gar Kirchweihe gefeiert werden.«

Der Mann war, wie es scheint, ein Praktikus, der Kirchweihen so weit und so gut, wie mein Nachbar Jesuiten roch, denn er hatte sich nicht betrogen, es wurde wirklich das Kirchweihfest in dem Dorfe ge-

* Gemeint ist der italienische Maler Giacomo Conti (1813–1888).

feiert, in welchem die musikalischen Talente der drei Prager, wie wir hören werden, verherrlichet werden sollten.

Dies geschah in der Wohnung des Amtmanns, der drei Töchter und ein Haus voll Gäste aus der Stadt hatte. Die Amt-mannstöchter, die bei sich selbst überlegt hatten, dass ein Tänzchen der Erhöhung ihrer Reize in den Augen der Herren aus der Stadt ungemein vorteilhaft sein könne, ersuchten die Prager die Feierlichkeiten des Kirchweihschmauses feierlicher zu machen und diese fanden die Küche gar gut bestellt.

Nach aufgehobener Tafel begann der Tanz, und Herren und Damen suchten in steirischen Tänzen sich bemerkbar zu machen, und selbst die Alten nahmen, so gut sie konnte, Teil an dieser Lustbarkeit. Es wurde getanzt, getrunken, geliebäugelt, gescherzt, gekost, und unter vier Augen geküsst, bis spät in die Nacht. – Nun aber sehnte man sich nach Ruhe; da gab der Amtmann den Spielleuten einen harten Taler und die Erlaubnis, zu gehen, wohin sie wollten.

Umsonst baten die ehrlichen Prager um Nachtquartier, der Amtmann zeigte auf seine Gäste und machte ihnen begreiflich, dass er kaum für diese Platz genug habe.

»Wollt ihr aber«, setzte er lächelnd hinzu, »oben auf dem Schlosse übernachten, so sind hier die Schlüssel und einen Schlaftrunk sollt ihr auch erhalten.«

Die müden Prager nahmen das Anerbieten an. – Der Amtmann sah sie bedenklich an und fragte:

»Seid ihr Geisterbanner?«

»Das sind wir nicht«, antwortete der eine, »aber wir sind um ein Nachtquartier verlegen.«

»So schlaft lieber unter freiem Himmel«, fuhr der Amtmann fort, »als auf dem Schlosse. Dort treibt schon seit 30 Jahren ein Spuk sein Wesen, der das Schloss völlig unbewohnbar macht.«

Dem ungeachtet blieben die Musiker bei ihrer Bitte und der Amtmann gab ihnen die Schlüssel. Sie bekamen eine Laterne, Essen und Wein, und wanderten, trotz des Abratens des Amtmanns und seiner Gäste, nach dem Schlosse zu, fest entschlossen, das nächtliche Abenteuer männlich zu bestehen.

Inzwischen hatte den einen der drei musikalischen Helden ein starkes Herzklopfen genötigt, sich auf den Heuboden zu verkriechen, aber die andern beiden, denen die Ehre der Prager Studenten am Herzen lag, ließen sich durch ihr Herzklopfen nicht von ihrem Vorsatz abbringen und hielten, wiewohl etwas beklommen, ihren Einzug in das Schloss.

Hinter sich schlossen sie das Tor und stiegen langsam die Treppe hinauf. Sie kamen über einen großen mit Bildern gezierten Saal, durch einige Zimmer und schlugen ihre Residenz in einem Kabinett auf, wo sie ihre Instrumente ablegten, ihre Lichter auf ein paar Wandleuchter steckten, und in aller Stille ihren Proviant musterten.

Nach einigen herzstärkenden Zügen aus der Weinflasche, klebte Wenzel der Bassgeiger das Konterfei des heiligen Nepomuk,* als eine hochgepriesene Schild-

* Gemeint ist Johannes Nepomuk (1350–1393). Der heilige Nepomuk gilt als Brückenheiliger und Patron des Beichtgeheimnisses. Der Le-

wacht gegen Geister, an die Tür. Hierauf spielten sie gar beweglich ein Abendlied, griffen darauf wieder zu der Flasche und hielten Tafel.

Indem schlug die Dorfuhr zwölfe und sogleich hörten sie Türen öffnen, vernahmen ein leichtes Rauschen, und die Tür ihres Kabinetts flog, trotz der Schildwacht, ohne Widerstand auf.

Da trat herein ein Mann, gehüllt in einen roten Mantel, hatte einen starken Bart und trug eine hell brennende Laterne in der Hand. Er legte nach einem stillschweigenden Kompliment, welches die Musiker nicht zu erwidern imstande waren, seinen Mantel ab, setzte die Laterne auf die Erde, legte einen Barbiersack auf den Tisch, packte Becken, Barttücher und Messer aus, goss Wasser in das Becken, zog sein Messer ab, und nötigte mit einer deutlichen Pantomime einen der Herren sich niederzusetzen und seinen Bart seinem Schermesser preiszugeben.

Keiner schien dem anderen den Vorrang streitig machen zu wollen und der dienstfertige Barbier nötigte sie abermals.

Endlich entschloss sich Wenzel, nach einem heimlichen Ave-Maria, seinen Bart dem Schermesser des Barbiers aus dem Geisterreiche Preis zu geben. Er setzte sich zitternd nieder und der ungebetene Barbier seifte dem bebenden Prager das ganze Gesicht reichlich ein.

gende nach weigerte sich Nepomuk, das Beichtgeheimnis zu brechen, als die Frau Wenzels der Untreue verdächtigt wurde. Wenzel ordnete die Folterung Nepomuks an und ließ ihn von der Prager Karlsbrücke stürzen.

Nun flog das Schermesser über Bart, Augenbrauen und Kopfhaar hin und Seife und Haar flogen in die Winkel des Kabinetts so schnell, dass Wenzel glaubte, sein ganzer Kopf werde stückweise nachfolgen. In wenigen Minuten war er ganz kahl und der Barbier nötigte den anderen Studenten gleichfalls, sich niederzusetzen.

Seufzend nahm er auch diesem das Haar ab und seine Arbeit war geendigt, ohne dass er Zahlung dafür forderte. Traurig sah er die Geschorenen an und verweilte sich lange beim Einpacken. Da kam Wenzel auf den klugen Einfall *pro studio atque labore** dem Geist gleiche Gefälligkeit zu erzeigen, zumal da er sah, dass Bart und Haar des uneigennützigen Barbiers wohl lange nicht einem dienstfertigen Schermesser waren Preis gegeben worden.

Kaum sagte dem Geiste dies Wenzels Pantomime, als er sich niedersetzte und Bart und Haar dem Prager und seinem Schermesser überließ. Mit dem letzten Messerstriche öffnete der stumme Geist den Mund und das Band seiner Zunge wurde los.

»Habe Dank für deine Bemühung«, sprach er, »du hast mich erlöst und ich werde von nun an nie wieder dies Schloss beunruhigen. – Wisse, dass ich Kammerdiener bei dem vorletzt verstorbenen Herrn dieses Schlosses war. Mein Herr war ein Liebhaber von sonderbaren Menschengestalten und seine Tafel war immer gedeckt für Lahme, Bucklige und Einäugige, und mit sonderbarem Wohlgefallen sah er Kahlköpfe gern. Diese Neigung zu befriedigen, trieb ich das Handwerk eines Haar- und Bartscheerers und rasierte, was sich rasieren ließ. Mein Tod endigte diese Beschäftigung nicht, wie du gesehen hast, und dein kluger Einfall überhebt mich dieses Geschäfts nun auf immer, da du mir den Spaß wett gemacht hast. Ich danke Dir nochmals und gehe nun auf immer zur Ruh. Leb wohl!«

Er ging fort und ließ Wenzeln erstaunt zurück. Sein Kamerad rang mit dem Tode.

* Lat.: Mühe und Arbeit.

Der Tag brach an, die Prager sahen, dass Bart und Haar noch fest saßen, aber eisgrau waren sie geworden. – Der eine Prager gab gegen Morgen seinen Geist auf. Wenzel erzählte die Nachtbegebenheit öffentlich, sagte sie vor Gericht aus, behielt seinen grauen Kopf, und das Schloss konnte von der Zeit an wieder bewohnt werden, wofür der Herr desselben den Musikus ansehnlich beschenkte. – Eine Gefälligkeit ist der andern wert, so dachte Wenzel gegen den Geist, so der Besitzer des Schlosses gegen den resoluten Prager.

Das Dornröschen oder: Die schlafende Schöne im Wald

Charles Perrault

Da war in alten Zeiten, in sehr alten Zeiten, ein König und eine Königin, die hatten alles, nur keine Kinder. Endlich, nach jahrelangem Warten, ward ihre Sehnsucht gestillt, ihr höchster Wunsch erfüllt. Die Königin gebar eine Prinzessin. Man richtete eine große Taufe her und lud dazu sämtliche sieben Feen des Landes.

Nach der Taufe begab man sich in den Saal zu einem großen Festessen. Jeder der sieben Feen legte man ein herrliches, goldenes, mit Diamanten und Rubinen besetztes Besteck, Messer, Gabel und Löffel, in einem prächtigen Futteral.* Als schon alles am Tische saß, trat plötzlich noch eine alte Fee ein, die nicht eingeladen war und die man vergessen hatte, weil man seit mehr als hundert Jahren nichts von ihr wusste und sie für tot oder verschollen hielt. Man bat sie, Platz zu nehmen, aber betreffs des goldenen Bestecks war der König in großer Verlegenheit, denn schon damals hatten die Könige nicht immer so viel Gold, als sie brauchten. Man legte ihr also ein gewöhnliches Besteck und entschuldigte sich. Die alte Fee aber fühlte sich beleidigt, murmelte etwas zwischen den

* Überzug, Hülle.

falschen Zähnen und machte ein böses Gesicht. Eine der Jüngeren bemerkte das und besorgt, dass die Alte der Prinzessin irgendwas Böses erfinden und anwünschen könnte, versteckte sie sich hinter einem Vorhang, um im entscheidenden Moment hervorzutreten und den bösen Zauber so viel wie möglich zu entkräften.

Gleich nach Tische gingen die Feen, die wussten, wozu sie geladen waren, an ihr Geschäft und fingen an, die Prinzessin zu beschenken, und zwar mit allen jenen Eigenschaften, die eine Mutter vor allem ihrem Töchterlein anwünscht, damit es so bald als möglich den Leuten in die Augen falle und eine gute Partie mache. Die erste Fee sagte: »Werde die schönste Person der Welt«, die Zweite: »Sei so geistreich wie möglich, ohne unausstehlich zu werden«, die Dritte: »Was du tust und wie du's tust, soll Mode werden!«, die Vierte: »Alle neuen Tänze sollst du gleich so vortrefflich tanzen, als hättest du nie etwas anderes gelernt, und niemals sollst du sitzen bleiben«, die Fünfte: »Singe wie eine Nachtigall«, die Sechste: »Spiele ausgezeichnet Klavier, zweihändig, vierhändig, sechshändig, achthändig, selbst einhändig.« – Jetzt war die Reihe an der alten Fee und ganz ärgerlich darüber, dass es ein so junges und perfektes Frauenzimmer geben solle, rief sie: »Die Prinzessin soll sich in ihrem fünfzehnten Jahre an einer Spindel stechen und tot hinfallen.« Diese schreckliche Bescherung erfüllte die ganze Gesellschaft mit Entsetzen und alles fing zu weinen und zu jammern an.

»Nur ruhig, nur ruhig!«, rief die junge Fee, die plötzlich hinter dem Vorhang hervortrat, »beruhigt Euch,

Herr König und Ihr, Frau Königin; Ich habe auch noch etwas zu sagen, denn es ist nicht meine Art, der Alten das letzte Wort zu lassen. Zwar kann man das Übel, das alte Weiber mit bösen Worten anrichten, nicht immer ungeschehen machen, aber lindern und mindern kann es manchmal eine gute Fee. Und so soll die Königstochter nicht sterben an dem Spindelstich, sondern nur in einen tiefen, hundert Jahre dauernden Schlaf versinken. Nach diesen hundert Jahren wird sie ein wunderschöner Königssohn erlösen und aus dem Schlafe wecken.«

Der König glaubte, mit Verboten und Drohungen alles durchsetzen zu können, und um das Unglück zu verhüten, erließ er ein Verbot, welches alles Spinnen und jede Hantierung mit Spindeln im ganzen Reiche aufs Strengste untersagte und Verbannung und Verbrennung sämtlicher Spindeln anordnete. Und sobald das Gesetz ergangen war, verließ sich der König auf seine Beamten und war ganz ruhig.

Als die Prinzessin fünfzehn Jahre alt war, machte der König mit seiner Königin eine Reise, und die Prinzessin, die nun von ihrer Dienerschaft weniger bewacht wurde, benützte ihre Freiheit, um sich im Schlosse näher umzusehen. Sie lief treppauf, treppab, durch Stuben und Kammern und kam zuletzt in einen alten Turm. Sie stieg die Wendeltreppe hinauf und gelangte hoch oben in ein kleines Gemach. Da saß eine gute, alte Frau und spann emsig ihren Flachs.

»Gute, alte Frau«, fragte die Prinzessin verwundert, »was machst du da?« – »Ich spinne meinen Flachs!« –

»Und was ist das für ein Ding, das da so lustig tanzt und springt und sich dreht wie im Tanze?«, fragte die Prinzessin und griff nach der Spindel. Kaum aber hatte sie die Spindel berührt, so stach sie sich, fiel hin und sank in einen tiefen, tiefen Schlaf.

Und in demselben Augenblicke schlief mit ihr alles ein, was im Schlosse war, die Kammerherren, die Hofdamen, die Möpse, die Jagdhunde, die Leibkatzen, die Kammermädchen, die Hofmusiker, die Pferde im Stalle, die Schwalbe im Neste, die Nachtigall im Busche, die Taube auf dem Dache, die Pagen, die Türsteher, die Hundejungen, die Läufer, die Köche und Küchenjungen, die Beschließerin, das Feuer auf dem Herde, das Wasser am Rohrbrunnen und im Springbrunnen, selbst Blumen, Büsche und Bäume und selbst der Wind, der eben über das Schloss wehte, alles in der Stellung und Lage, die es eben hatte, als die Prinzessin in Schlaf sank. Rings um das Schloss aber begann es zu sprossen, zu wachsen und zu treiben, und bald war es von einer dichten, undurchdringlichen Dornhecke umgeben, und um die Dornhecke wieder wuchs ein gewaltiger, so hoher Wald, dass kaum die Turmspitzen des Schlosses, und diese auch nur aus weiter Ferne, sichtbar blieben; und Bäume, Sträucher, Dornhecken und Schlingpflanzen aller Art woben und schlangen sich so ineinander, dass in das Schloss gar nicht zu gelangen war und dass man es im Lande nach und nach ganz vergaß. Nur die Sage erzählte noch, dass hinter der Hecke ein wunderschönes Schloss stehe und dass in dem Schlosse eine wunderschöne Prinzessin schlafe, und diese Prinzessin nannte man nach der Dornhecke, die ihren Schlaf beschützte, das Dornröschen.

Die Sage von dem wunderschönen Schloss und der wunderschönen Königstochter lockte viele tapfere Königssöhne herbei, welche den besten Willen hatten, in das Schloss zu dringen und Dornröschen zu erlösen. Aber sie blieben in der Dornhecke hängen, zappelten sich vergebens ab und starben eines jämmerlichen Todes. Der Weg zum Glücke ist immer ein dorniger und voll von Hindernissen und noch dorniger und reicher an Hindernissen ist der Weg zur Schönheit, welche erlöst werden, die Augen aufschlagen und die Welt mit ihrem Lächeln und Blick erheitern soll. Jeder hat Lust zu einer solchen Erlösung, aber wenige haben die Kraft, und am Ende nützt alle Kraft nichts, wenn nicht die rechte Stunde gekommen und zur rechten Stunde der rechte Mann.

Der rechte Mann aber war ein Königssohn, der gerade hundert Jahre, nachdem Dornröschen eingeschlafen war, in die Gegend kam, angeblich der Jagd wegen, in der Tat aber, weil er gehört hatte, dass hier eine große Schönheit zu erlösen und ein herrliches Reich voll Schönheit zu gewinnen sei. Der Wald sah erschrecklich aus und noch erschrecklicher war, was man ihm erzählte: von den unzähligen Königssöhnen, die in den Dornenhecken wie in Schlingen hängen geblieben und sich zu Tode gezappelt; von den bösen Geistern, die in dem Schlosse umgehen und jeden Eindringling zerreißen sollten; von einem bösen Riesen, der es bewohne und Kinder und Erwachsene fresse. Aber all das konnte den tapferen Königssohn, der sich für berufen und auserwählt hielt und eine unendliche Sehnsucht nach dem Dornröschen empfand, nicht abhalten.

Lieber sterben, dachte er, als sein Ideal nicht erreichen. Er tat, was in solchen Fällen am zweckmäßigsten ist; er ging darauf los. Und siehe da, die fürchterlichen Hecken, die alten Bäume, das Gestrüpp, die dornigen Wände, alles öffnete sich ihm wie weite Flügeltüren, die dienstfertige Bediente vor ihm aufgestoßen hätten. Auffallend war, dass die Hecken und Gesträuche sich gleich hinter ihm schlossen und nur ihn, ihn allein, durchließen, während sie vor den Nasen seiner Leute, die ihm folgten, wieder zusammenschlugen, als ob sie sagen wollten: »Da könnte jeder kommen!« Neu ermutigt schritt er weiter, wohl fühlend, dass er vor den andern etwas voraus hatte und dass ihn eine geheimnisvolle Macht begünstigte.

Endlich kam er an ein prächtiges Tor und durch das Tor in einen Hof, dann in einen zweiten Hof, dann an eine große Treppe. Die stieg er hinauf und gelangte in einen Vorsaal, dann in einen Prachtsaal, dann in einen zweiten, dritten, vierten Saal, einer immer schöner als der andere. Überall auf seinem Wege, vom Tor angefangen, standen, saßen, lagen oder befanden sich in den verschiedensten Stellungen des Gehens, Laufens und allerlei Handelns, wie gefroren, Türsteher, Wachen, Bediente, Hofleute jeglicher Art, zu Fuß, auch zu Ross, alles schlafend. Der Königssohn kümmerte sich nicht um die Menge, ebenso wenig ließ er sich durch die unheimliche Stille, die rings um ihn herrschte, anfechten, obwohl manches gar kurios und schön anzusehen gewesen wäre: Wie der Page so schön an dem Türpfosten lehnte, oder wie der Efeu sich um das Waldhorn des Jägerburschen geschlungen hatte, wie der Springbrunnen, als wäre er aus Kristall, steif und fest in der Luft stand und andere dergleichen Wunder.

Ihn trieb es weiter und aus den Sälen kam er in die Gemächer, in eine lange Reihe von Gemächern, alle mit Gold, Seide, Zindel,* Schnitzwerk, Bildern und allen schönen Dingen geschmückt – etwas altmodisch, aber recht malerisch und höchst interessant. Er hätte mit einiger Geduld in diesen Gemächern allerlei lernen können, aber er hatte etwas Besseres zu tun, als altes Zeug zu studieren; er wollte die Schönheit sehen mit Augen. So wanderte er weiter, bis er in eine vergoldete Schlafkammer trat, und da bot sich ihm ein Schauspiel dar, wie er dergleichen nie gesehen. In einem Bett, dessen Vorhänge ganz zurückgezogen waren, lag Dornröschen, frisch und gesund und schön wie Milch und Rosen. Es ging ordentlich ein Glanz von ihr aus, der das ganze Zimmer mit Licht erfüllte. Ihre Brust hob sich sanft, wie in leisem Schlummer; ihre Lippen lächelten und bewegten sich, als wollte sie etwas recht Angenehmes sagen.

Der Königssohn stand wie verzaubert und wusste nicht, was beginnen. Endlich aber, nachdem er wohl eine Viertelstunde so im Anschauen des herrlichen Bildes dagestanden, fasste er sich, beugte sich zu ihr he-

* Seidengewebe des Mittelalters.

rab und drückte auf ihre Lippen einen herzhaften Kuss. Dornröschen war erlöst. Sie tat, als wüsste sie gar nicht, auf welche Weise sie erlöst worden, blinzelte eine Sekunde lang und schlug dann endlich die Augen ganz auf, die schönen großen blauen Augen. Dann sagte sie, indem sie die Hand vor den ein klein wenig gähnenden Mund hielt: »Sind Sie es, mein Prinz? Sie haben recht lange auf sich warten lassen, mein Prinz?« Man konnte nicht angenehmer ausgezankt werden und in der Tat war der Prinz ganz entzückt von dem Vorwurf, von dem vornehmen Gähnen, von ihrer schönen Hand, von ihren Augen, kurz von allem, was er sah, hörte, fühlte. Und er überlegte es sich nicht lange, sank vor ihr aufs Knie und erklärte ihr seine Liebe, was umso schöner klang, je ungeordneter, verwirrter es zum Vorschein kam.

Mittlerweile war, als Dornröschen die Augen aufgeschlagen, auch das ganze Schloss und alles, was mit ihr eingeschlafen, wieder erwacht, wie es sich für eine gute Dienerschaft ziemt. Jedermann ging an sein Amt und an seine Pflicht. Da aber die Herzen der Hofleute nicht so beschäftigt waren, wie das Herz ihrer Herrschaft, machten sich ihre Magen, die hundert volle Jahre gefastet hatten, desto empfindlicher geltend.

Sie bellten förmlich vor Hunger, und die erste Hofdame war so hungrig wie der letzte Schweizer und Hundejunge, und sie stürzte ins Gemach der Liebenden und verkündete, dass die Suppe aufgetragen sei.

Der Königssohn half Dornröschen, deren Glieder noch immer etwas eingeschlafen waren, aus dem Bette.

Sie war ganz angekleidet, wobei er bemerkte, dass ihre Toilette die größte Ähnlichkeit hatte mit der seiner seligen Großmutter; aber er hütete sich, darüber ein Wörtchen zu verlieren. Er ging sogar so weit, ihre veraltete Tracht von anno dazumal auf feine Weise zu loben, was ihm in ihren Augen gewiss nicht schadete, obwohl sie tat, als läge ihr an solchen Kleinigkeiten, wie Kleider und Putz, nicht das Allermindeste.

Zierlich ihre Hand fassend, führte er sie in einen großen Spiegelsaal, wo bereits die ganz Hofgesellschaft versammelt und ein gutes Nachtessen aufgetragen war. Geigen und Pfeifen spielten schöne alte Weisen auf, die Dornröschen wohl kannte, dem Prinzen aber wie eine Musik aus einer andern Welt klangen. Nach Tische wurde der Hofprälat geholt und in der Hofkapelle das junge Paar zusammengetan, dann in ein Schlafgemach geführt, dass einige alte Hofdamen mit besonderem Eifer rasch und zweckmäßig hergerichtet hatten: wobei diese Alten so heiter waren, als ob sie selbst Hochzeit machen sollten. Dornröschen schloss während der ganzen Nacht kein Auge, da sie die letzten hundert Jahre genug geschlafen hatte, und so wachte auch der Königssohn bis zum Morgen. Ziemlich früh brach er auf, um in die Stadt zurückzukehren, da sein Vater, der alte König, nicht wusste, was aus ihm geworden war. Er erzählte dem Alten die alte Geschichte, dass er sich auf der Jagd im Walde verirrt, in der bekannten Hütte des bekannten Köhlers übernachtet und daselbst das bekannte Schwarzbrot mit Käse gegessen habe. Trotzdem glaubte ihm der Vater, denn er gehörte zu jener

Art von Leuten, die alles glauben. Der Mutter aber war nicht so leicht mit alten Köhlergeschichten etwas weiszumachen, und da der Königssohn immer wieder in den Wald ging, und oft mehrere Nächte ausblieb, sagte sie sich, dass man solches nicht wegen Schwarzbrot und Käse zu tun pflege, und dass dahinter etwas ganz anderes stecken müsse. Denn so ging es nun schon seit nicht weniger als zwei Jahren und Dornröschen gebar zwei Kinder, deren ältestes ein Mädchen, namens Morgenröte, das jüngere, ein Knabe, der helle Tag hieß, weil er noch schöner war als sein Schwesterchen. Als aber, wieder nach zwei Jahren, der alte König starb und sein Sohn den Thron bestieg, verkündete er laut seine Heirat mit Dornröschen und zog mit großem Pompe aus, um sie und die Kinder aus dem Waldschlosse abzuholen. Sie hielt einen prachtvollen Einzug in die Hauptstadt: Glockengeläute, Kanonendonner, Blumen, Triumphbogen, weißgekleidete Jungfrauen, viele Soldaten, alles war da.

Bald darauf musste der König in den Krieg und er übergab für die Zeit seiner Abwesenheit die Regentschaft der Königin-Mutter, indem er ihr zugleich sein Weib und seine Kinder besonders ans Herz legte. Sie versprach alles Gute; aber kaum war der König abgezogen, als sie schon Dornröschen mit ihren Kindern aufs Land schickte, in ein Landhaus, das mitten im düsteren, düsteren Walde lag. Dort dachte sie ihre Lust auf leichtere und unentdeckte Weise büßen zu können. Nach einigen Tagen folgte sie, und eines Abends sagte sie zu ihrem Haushofmeister: »Morgen zu Mittag will ich die kleine Morgenröte verspeisen!«

»Ach, Majestät!«, schrie der Haushofmeister erschrocken.

»Ich will es! Ich geruhe es!«, rief die Königin in einem Menschenfresserton, der zugleich besagte: »Und dass die Soße ja recht gut sei!«

Der arme Mann sah ein, dass hier nicht zu spaßen war, nahm sein großes Messer und stieg hinauf in das Zimmer der kleinen Morgenröte. Das gute Kind war eben vier Jahre alt, sprang und lachte und warf sich lachend an seinen Hals und fragte ihn, ob er Zuckerwerk mitbringe. Er fing zu weinen an, ließ das Messer fallen und lief in den Hof und schnitt einem kleinen Schäflein den Hals ab, und machte eine so gute Soße dazu, dass die Königin versicherte, ihr Lebtag nichts Besseres gegessen zu haben. Die kleine Morgenröte trug er in seine Wohnung im Hinterhofe und übergab sie seiner Frau, dass sie sie gut verstecken möge.

Nach acht Tagen sagte die böse Königin wieder: »Heute Abend will ich den kleinen hellen Tag verspeisen!«

Diesmal erwiderte der Haushofmeister nichts; er dachte sich nur: »Wart, dich betrüge ich wie das erste Mal.«

Er holte den kleinen hellen Tag, der erst drei Jahre alt war und der eben mit einem Gewehr in der Hand Soldaten spielte und einen alten Affen einexerzierte, trug ihn zu seiner Frau, die ihn mit der kleinen Morgenröte versteckte, und setzte der Ogerin anstatt des hellen Tages ein sehr zartes, gut zubereitetes, junges Böcklein vor, das sie überaus wohlschmeckend fand.

Bis dahin ging alles gut; aber eines Abends sagte die Königin zum Haushofmeister: »Ich will die Königin selber fressen, und zwar in derselben Soße wie die Kinder.« Jetzt war guter Rat teuer. Die hundert Jahre, die sie verschlafen hatte, nicht mitgerechnet, war Dornröschen jetzt über zwanzig Jahre alt und ganz ausgewachsen. Wo in aller Welt ein Tier hernehmen, das man an ihrer statt der Königin vorsetzen könnte? In aller Verzweiflung, und um sich selbst das Leben zu retten, beschloss er, zu tun, wie die alte Königin befohlen und die junge abzuschlachten. Er redete sich in eine arge Wut hinein, und sehr wütend und mit dem Messer in der Hand brach er in die Stube der jungen Königin und sagte ihr, ohne dabei die schuldige Ehrfurcht außer Acht zu lassen, welchen Befehl er von der Königinmutter erhalten. Er meinte, sie werde sich sträuben, schreien und ihn ausschimpfen und ihm so die Sache erleichtern, indem sie ihn noch mehr wütend machen würde.

Dornröschen aber sagte gelassen, sanft und traurig: »Tut, was eures Amtes ist,« – und dabei streckte sie ihr schönes weißes Hälschen hin – »vollstrecket die erhaltenen Befehle; ich folge gern meinen armen Kindern, die ich so sehr geliebt habe.«

Sie glaubte nämlich, die Kinder seien tot, seit man sie ihr entführt hatte.

»Nein! Nein!«, rief der arme Haushofmeister außer sich vor Rührung, »nein, ihr sollt nicht sterben, und eure Kinder sollt Ihr auch wieder haben, denn ich habe sie versteckt, und die Alte soll statt Eurer ein Reh zu fressen bekommen!«

Sofort brachte er sie zu ihren Kindern, überließ sie ihrem Glücke und eilte, ein Reh herzurichten, das die alte Königin mit demselben Appetit verspeiste, als ob es das appetitliche Dornröschen selbst gewesen wäre. Nun alle ihre Gelüste gestillt, und keine Morgenröte, kein heller Tag, kein Dornröschen mehr zu haben waren, fühlte sie sich befriedigt und ohne Furcht vor dem König, dem sie weismachen wollte, die hungrigen Wölfe hätten sein Weib und seine Kinder gefressen.

Eines Abends, da sie wie gewöhnlich im Hofe herumschnüffelte nach frischem Fleische, hörte sie mit einem Male aus einem unterirdischen Gemache die Stimme des kleinen hellen Tages, der da weinte, weil ihn die Mutter züchtigen wollte, und die Stimme der kleinen Morgenröte, die für ihr Brüderchen um Verzeihung bat. Die Ogerin erkannte die Stimmen der Königin und ihrer Kinder und wütend, auf diese Weise hinters Licht geführt und in ihren höchsten Freuden beeinträchtigt worden zu sein, schwur sie, sich aufs Furchtbarste zu rächen. Und schon am nächsten Morgen befahl sie, dass man eine große Tonne in den Hof bringe und sie mit Kröten, Vipern, Nattern und Schlangen aller Art anfülle und die junge Königin und ihre Kinder und den Haushofmeister und dessen Frau und Magd hineinwerfe. Sie alle wurden, die Hände auf dem Rücken zusammengebunden, herbeigeführt.

Und da standen sie und die Henker machten sich eben bereit, sie zu packen und in die Tonne zu werfen, als mit einem Male der König in den Hof sprengte.

»Was geht hier vor?«, rief er beim Anblick dieses höchst sonderbaren Schauspiels. Aber kein Mensch hatte den Mut, ihm die Wahrheit zu sagen, und die alte Königin, entrüstet, sich im entscheidenden Augenblick so gestört zu sehen, stürzte sich nun selbst in die Tonne, wo sie alsbald von den scheußlichen Tieren aufgefressen wurde und ihren wohlverdienten Lohn erhielt. Der König aber war sehr glücklich mit seiner schönen Frau und seinen womöglich noch schöneren Kindern, die er nimmer verließ.

Aschenpüster*

Karl Bartsch

Ein reicher Mann, der Witwer geworden, hatte eine einzige Tochter, die schön und lieblich heranwuchs. Da wurde des Vaters Herz von unreiner Liebe zu ihr entzündet; sie aber widerstand seinem Begehren. Da drohte er ihr mit Gewalt und nun sann sie auf List. Sie versprach ihm zu Willen zu sein, wenn er ihr ein Kleid gebe, das von Silber stehen könne. Als sie das bekommen, verlangte sie eins, das von Golde steif sei, und zum dritten Male eins, das von Gesteinen stehen könne. Wie sie auch das erlangt, sagte sie: »Nun fehlt mir noch ein Krähenpelz«, und endlich hatte sie noch einen Wunsch: Eine Glücksrute; auch die bekam sie.

Nun wohnte in einem Lande ein schöner Prinz, der hatte von der Schönheit des Mädchens vernommen. Sie nahm die Rute in die Hand, die Kleider auf die Schulter und wünschte sich in die Nähe von dem Schloss des Prinzen. Alsbald war sie in dem Schlossgarten. Da wünschte sie sich einen Schrank in einer Eiche des Gartens, tat ihre Kleider hinein, zog den Krähenpelz an und ging in die Schlossküche, wo sie sich für einen armen Knaben ausgab, der Dienst suche. »Dich kann ich gebrauchen«, sagte der Koch, »du sollst Aschenpüster

* (Aschenputtel)

werden.« Nach ein paar Tagen kam der Prinz in die Küche und brachte ein erlegtes Wild hin; sie sah ihn und er gefiel ihr über die Maßen.

Bald darauf war eine Hochzeit auf einem Schlosse in der Nähe; der Prinz fuhr auch hin. Viele Leute liefen, um dem Tanze zuzusehen. Aschenpüster bat den Koch auch um die Erlaubnis, zusehen zu dürfen. Da lief sie zu der Eiche, zog das silberne Kleid an und wünschte sich einen Wagen, in dem sie nach dem Schlosse fuhr. Der Prinz sah sie und tanzte mit ihr. Aber nach ein paar Tänzen war sie verschwunden, setzte sich auf ihren Wagen und sprach:

> »Hinter mir dunkel und vorne mir klar,
> dass Niemand sehe wohin ich fahr.«

Am andern Morgen war der Prinz sehr übler Laune, er hatte die ganze Nacht gewacht und immer an seine schöne Tänzerin gedacht. Aschenpüster musste ihm die

Stiefel putzen; das tat sie auch, aber ein kleiner Flecken an den Zehen blieb ungeputzt. Das bemerkte der Prinz, kam zornig in die Küche hinein und warf ihr den Stiefel an den Kopf.

Am nächsten Abend wurde wieder getanzt und Aschenpüster bat den Koch wieder um Erlaubnis. Diesmal zog sie das goldene Kleid an und fuhr im Wagen dahin. Der Prinz hatte schon nach ihr ausgeschaut und wurde sehr vergnügt, als sie kam. Beim Tanze fragte er sie, wo sie zu Hause sei. »In Stiefelschmeiß«, antwortete sie. Sie blieb eine Stunde da, dann verschwand sie. Umsonst fragte der Prinz, wo Stiefelschmeiß läge; Niemand konnte es ihm sagen.

Der Prinz tat die Nacht wieder kein Auge zu und war noch verdrießlicher als am Tage vorher. Aschenpüster musste ihm den Rock bürsten, sie konnte es ihm aber nicht recht machen und zuletzt warf er ihr die Bürste an den Kopf.

Am dritten Abend, als Aschenpüster sich wieder Erlaubnis zum Zusehen erbeten hatte, zog sie ihr Kleid mit den Edelsteinen an. Der Prinz fragte sie beim Tanze, wo sie wohne. »In Bürstenschmeiß«, gab sie zur Antwort. Wer du auch seist, sprach er, nimm diesen Ring von mir. Sie ließ sich den Ring an die Hand stecken. Dann wollte sie entschlüpfen, aber der Prinz passte ihr auf und fuhr dicht hinter ihr her. Sie stieg bei der Eiche aus, hatte aber nicht Zeit, das Kleid abzulegen, sondern zog nur in Eile den Krähenpelz drüber.

Als am andern Morgen der Koch die Suppe bereitete, ließ Aschenpüster den Ring hineinfallen. Der Prinz fand ihn und fragte, wer in der Küche gewesen. »Niemand als ich und Aschenpüster«, erwiderte er. Er ließ Aschenpüster kommen. »Mich juckts auf dem Kopfe«, sprach er zu ihr, »sieh nach, ob Ungeziefer drauf ist.« Aschenpüster gehorchte; wie sie aber vor ihm stand, da sah er unter dem abgenutzten Krähenpelz das Diamantkleid hervorschimmern. Da erkannte er sie. »Nun bist du mein«, sprach er, und er machte sie zu seiner Frau und sie lebten glücklich zusammen bis an ihr Ende.

Bestrafter Hochmut[*]

Giambattista Basile

Wer den Bogen zu sehr spannt, zerbricht ihn am Ende; wer sich mutwillig in Gefahr begibt, kommt oft darin um, wer auf Bergeshöhen wandelt, sehe zu, dass er nicht falle; denn der Schaden ist sein, wie ihr dies am Schicksal einer Jungfrau ersehen könnt, welche Kronen und Zepter verachtete und endlich in einem Stall Zuflucht suchen musste, obwohl die Wunden, welche der Himmel schlägt, stets ihre Pflaster mit sich führen, da er nie Strafen ohne Wohltaten, nie Schläge ohne Liebkosungen austeilt.

Es war einmal ein König von Langfurch, welcher eine Tochter namens Cintiella hatte, die zwar so schön war wie der Mond, jede Drachme[**] ihrer Schönheit aber durch ein Pfund Stolz aufwog, sodass sie jedermann geringschätzte und es daher ihrem armen Vater, der sie gern zu verheiraten wünschte, unmöglich war, für sie einen Gemahl zu finden, der ihr gut und vornehm genug dünkte. Unter allen Fürsten aber, welche an dem Hof ihres Vaters zusammenströmten, um sich um ihre Hand zu bewerben, war es besonders der König von Schönland, welcher nichts unversucht ließ, um sich die Zuneigung Cintiellas zu erwerben. Je besseres Ge-

[*] (König Drosselbart)

[**] Währungseinheit im antiken Italien, Griechenland und Persien.

wicht der Dienste er ihr jedoch zuwog, desto schlechteres Maß an Belohnung gab sie ihm; je wohlfeiler und reichlicher er ihr seine Liebe überließ, desto teurer und

spärlicher war sie mit ihrer Zuneigung, je freigebiger er mit seiner Seele war, desto geiziger war sie mit ihrem Herzen, sodass kein Tag vorüberging, wo der arme Mann nicht ausrief: »Wann, oh Grausame, werde ich unter so vielen Melonen der Hoffnung, die sich mir in Kürbisse verwandelt haben, eine finden, die mir vollkommen nach Wunsch heranreift? Wann, du mitleidlose Betze,* werden die Stürme deiner Unbarmherzigkeit aufhören und ich das Schiff meiner Wünsche mit günstigem Winde in diesen schönen Hafen steuern können? Wann werde ich nach so vielen Stürmen von Beschwörungen und Bitten endlich die Fahne meiner Liebessehnsucht auf die Mauern deiner schönen Festung pflanzen dürfen?« Jedoch alle diese Worte waren vergeblich; denn sie hatte zwar Augen, welche die Steine durchbohrten, aber keine Ohren, welche die Klagen eines Liebeswunden vernahmen, vielmehr zeigte sie sich noch mürrischer gegen ihn, als hätte er

* Betze entspricht dem englischen ›bitch‹, wird bisweilen auch als Bestie übertragen.

ihr Wunder was getan, sodass der arme König, welcher sah, dass die Gefühllosigkeit Cintiellas sich um ihn so wenig bekümmerte wie um einen Hund, endlich voll Zorn ausrief: »Ich will nichts mehr mit dem Liebesspiel zu schaffen haben!«, und dann mit Sack und Pack seiner Wege ging, vorher jedoch einen feierlichen Schwur leistete, sich an dieser unbarmherzigen Schelmin zu rächen, dergestalt, dass sie es bereuen sollte, ihn so sehr gequält zu haben. Hierauf verließ er also den Hof ihres Vaters, ließ sich den Bart wachsen, färbte sich das Gesicht und kehrte nach einigen Monaten, als Bauer verkleidet, nach Langfurch zurück, woselbst es ihm durch Geschenkte gelang, als Gärtner in den Dienst des Königs zu treten.

Indem er sich nun bemühte, seiner Arbeit bestmöglich obzuliegen, breitete er eines Tages unter den Fenstern Cintiellas einen herrlichen, ganz mit Gold und Diamanten besäten Mantel aus. Kaum hatten die Zofen der Prinzessin dies wahrgenommen, so erzählten sie sogleich davon der Prinzessin, welche daher alsbald den Gärtner fragen ließ, ob er den Mantel verkaufen wolle; dieser jedoch erwiderte, er wäre weder ein Kaufmann noch ein Kleidertrödler, indes würde er ihn gern der Prinzessin zum Geschenk machen, wenn sie ihn nur eine einzige Nacht in ihrem Saale schlafen ließe. Als die Zofen dies vernommen, sprachen sie zu Cintiella: »Was verlierst du dabei, Prinzessin, dem Gärtner seinen Willen zu tun, wenn du dadurch in den Besitz dieses königlichen Mantels kommst?« Cintiella ließ sich also von dem, der noch ganz anderen Fische angelt, als sie war, wirklich fangen, und indem sie den Mantel von dem Gärtner in Empfang nahm, tat sie ihm seinen Willen. Am darauffolgenden Morgen aber zeigte er ein Untergewand von derselben Pracht, bei dessen Anblick Cintiella ihm sagen ließ, dass, wenn er es verkaufen wollte, sie ihm geben würde, was er verlange; worauf der Gärtner erwiderte, dass das Gewand ihm nicht feil wäre, dass er es ihr aber gerne schenken wolle, wenn sie ihm erlaubte, in ihrem Vorzimmer zu schlafen, und Cintiella ließ sich, um in den Besitz des Gewandes zu kommen, auch wirklich verlocken, ihm sein Begehr zu gewähren. Als nun der dritte Morgen erschien, legte er, bevor die Sonne aus ihrem Feuerstahl auf den Zunder der Gefilde Funken schlug, ein sehr schönes Mieder aus, welches zu dem Kleide vollkommen passte, sodass Cintiella, sobald sie es erblickte, ausrief: »Wenn ich dieses Mieder nicht bekomme, so habe ich keine Ruhe.« Sie ließ daher den Gärtner rufen und sprach zu ihm: »Du musst mir, mein wackerer Mann, das Mieder verkaufen, das ich im Garten gesehen, dann werde ich dir auch ewig dankbar sein.« – »Ich habe es nicht zum Verkauf, gnädige Prinzessin«, versetzte jener, »wenn es euch aber gefällt, so gebe ich euch nicht nur das Mieder, sondern auch noch ein Halsband aus Diamanten, wenn ihr mich heute Nacht in eurem Gemach schlafen lasset.« – »Da sehet mir einmal den Bauern«, erwiderte Cintiella, »es genügt dir nicht, im Saal und dann im Vorzimmer geschlafen zu haben, jetzt willst du sogar in mein Schlafgemach; am Ende wirst du auch noch in meinem Bette liegen wollen.« – »Nun denn, gnädige Prinzessin«, entgegnete der Gärtner, »so behalte ich mein Mieder und ihr euer Gemach; denn wenn ihr mich anders heranzubekommen gedenkt, so seid ihr auf dem Holzwege. Übrigens will ich ja bloß auf der Erde schlafen, etwas, was man ja sogar einem Hunde nicht versagen würde, und wenn ihr erst das Halsband sehen werdet, welches ich euch noch dazu geben will, würdet ihr mir vielleicht etwas mehr zu Willen sein.«

Die Prinzessin, teils durch eigenes Verlangen gereizt, teils durch die Zofen angetrieben, welche ihr immer in den Ohren lagen, willigte endlich darein, dem Gärtner nachzugeben, und als der Abend erschien wann die Nacht wie ein Gerber die Lohbeize* über das Fell des Himmels ausgießt, wodurch dieser nach und nach eine dunkle Farbe annimmt, begab sich der Gärtner mit dem Halsband und dem Mieder in die Zimmer der Prinzessin und händigte ihr diese Gegenstände ein, worauf sie ihn in ihr Schlafgemach eintreten ließ, und nachdem sie ihm seinen Platz in einer Ecke angewiesen, also zu ihm sprach: »Jetzt verhalte dich hier ja ganz ruhig und rühre dich nicht, wenn dir an meiner Gnade etwas gelegen ist.« Alsdann machte sie mit Kohle ein Zeichen auf der Erde und fügte hinzu: »Gehst du darüber hinaus, dann ist's mit dir vorbei.« So sprechend, zog sie die Vorhänge ihres Bettes zu und begab sich zur Ruhe. Kaum aber sah der königliche Gärtner, dass sie eingeschlafen war,

* Gerbmittel.

so schien es ihm Zeit, den Liebesgarten zu bearbeiten;* er legte sich also neben sie nieder, und ehe seine Eigentümerin desselben erwachte, hatte er die Früchte der Liebe gepflückt. Als sie nun aber endlich der Schlaf verließ und sie sah, was ihr widerfahren war, so wollte sie nicht aus einem Übel zwei machen und, um den Gärtner zu vernichten, den eigenen Garten zerstören, vielmehr aus der Not zwar nicht eine Tugend, sondern eine üble Gewohnheit machend, war sie mit dem Vergehen zufrieden und fand Vergnügen an dem Fehltritt, sodass sie, welche gekrönte Häupter verschmäht hatte, es nicht für zu gering hielt, sich einem Bauernkerl hinzugeben; denn ein solcher schien der König, und für einen solchen wurde er von Cintiella gehalten.

Indem sie nun aber den betretenen Weg weiter wanderte, wurde sie endlich schwanger, und da sie ihren Leib von Tag zu Tag mehr anschwellen sah, sagte sie endlich zu dem Gärtner, dass sie ein Kind des Todes wäre, wenn ihr Vater hinter ihr Treiben käme, und sie daher daran denken müssten, dieser Gefahr zuvorzukommen. Der König jedoch erwiderte, dass er keinen andern Ausweg in ihrer Bedrängnis wüsste, als dass sie flöhen; er würde sie dann in das Haus einer ehemaligen Gebieterin bringen, welche ihr wohl einige Bequemlichkeit bei ihrem Wochenbette gewähren würde. Cintiella,

* An dieser Stelle erinnert die Geschichte an das fünfte Kapitel aus Giovanni Boccaccios *Decamerone*. Hier gibt sich ein Mann als taubstumm aus und beginnt, in einem Nonnenkloster zu arbeiten. Erst kümmert er sich um den Garten des Klosters, in der Nacht widmet er sich aber dem Liebesgarten der Nonnen.

welche sich durch die Sünde des Hochmuts von Klippe zu Klippe fortgerissen und endlich in so große Bedrängnis gestürzt sah, ließ sich durch die Worte des Königs bewegen, aus dem Vaterhause zu fliehen und sich ihrem Schicksal zu überlassen. Der König aber brachte sie nach langem Umherziehen in sein eigenes Haus, und, nachdem er seiner Mutter alles Vorgefallene mitgeteilt, bat er sie, sich nichts merken zu lassen, da er Cintiella für ihren Stolz büßen lassen wollte. Er brachte diese also in einem schlechten Stalle seines Palastes unter und ließ sie ein sehr ärmliches Leben führen, indem er ihr jeden Bissen aufs kärglichste zuschnitt.

Als nun einmal die Dienerinnen des Königs Brot backten, hieß er sie, Cintiella herbeirufen, um ihnen zu helfen, und zugleich sagte er zu dieser, dass sie zusehen sollte, ob sie vielleicht ein Laiblein beiseite bringen möchte, damit sie sich einmal satt essen könnten. Die arme Cintiella stibitzte daher beim Herausnehmen des Brotes aus dem Ofen einen kleinen Brotkuchen unvermerkt fort und schob ihn in die Tasche; in demselben Augenblicke aber erschien der König, seinem Range gemäß gekleidet, und sprach zu den Dienerinnen: »Wer hat euch erlaubt, dieses Weibsbild in mein Haus zu bringen? Sehet ihr es ihr denn nicht an der Miene an, dass sie eine Diebin ist? Und zum Beweis hiervon, durchsuchet ihr sogleich die Taschen, dann werdet ihr das Corpus Delicti finden«, und als man sie nun durchsuchte und den Diebstahl fand, so wusch man ihr dergestalt den Kopf, dass das Gehöhne und Gespött den ganzen Tag hindurch dauerte. Hierauf zog sich der König wieder seine andern Kleider an, und da er sie über die erlittene Schmach und Schande gar sehr niedergeschlagen fand, sagte er zu ihr, sie solle sich den Vorfall nicht so sehr zu Herzen nehmen; denn die Not sei der Tyrann der Menschen, und wie jener toskanische Dichter gesagt:

> »– – – Der Arme welche hungert,
> tut manches, was, wenn er nur besser stände,
> er tadelnswürdig fände«,

wenn also der Hunger wehtäte und sogar den Wolf aus dem Walde hervortriebe, wäre sie vollkommen entschuldigt, wenn sie das täte, was sich wohl sonst für einen andern nicht ziemte. Sie solle daher zur Gebieterin des Hauses, die eben Leinwand zuschnitte, hinaufgehen, und ihre Hilfe anbieten; vielleicht könne sie ein oder das andere Stück davon heimlich wegnehmen, da sie wohl wisse, dass sie ihrer Entbindung nahe wäre und tausenderlei Dinge nötig hätte. Cintiella, welche ihrem Mann, denn dafür hielt sie ihn, nicht zu widersprechen gewöhnt war, stieg hinauf und indem sie, unter die übrigen Zofen sich mischend, diesen beim Zuschneiden von Kinderbetttüchern, Röcklein, Mützchen und Windeln Hilfe leistete, packte sie ein Bündel davon zusammen und schob es unter ihre Kleider. Wiederum erschien jedoch der König, machte denselben Specktakel wie beim Brote und ließ sie auch dieses Mal durchsuchen, sodass sie, beim Diebstahl ertappt, aufs Neue mit Schmähreden übergossen wurde und wie ein abgebrühter Pudel in den Stall hinuntereilte. Der König aber kleidete sich wieder um und sagte zu ihr, da er sie in größter Verzweiflung fand, dass alle Dinge der Welt bloß von der Meinung abhingen und sie daher noch ein drittes Mal etwas heimlich wegzuschaffen suchen solle, indem sie ja alle Augenblicke ihre Niederkunft erwarte, und dass sie die Gelegenheit dazu günstig wäre. »Denn«, fuhr er fort, »die Herrin vom Hause hat ihren Sohn mit einer fremden Dame verlobt, und da sie ihr eine Anzahl fertiger Kleider von Brokat und Goldstoff zu übersenden gesonnen ist, so will sie an dir das Maß dazu nehmen, weil die Braut, wie sie sagt, gerade von deinem Wuchse ist. Es wird dir also ein Leichtes sein, einige Flicke wegzupraktizieren, die wir dann verkaufen und davon weiter leben wollen.« Cintiella tat, wie ihr Mann sie hieß, und hatte sich schon einen hübschen Streifen Goldbrokat in den Busen gesteckt, als der König anlangte, wieder einen großen Lärm erhob, Cintiella durchsuchen ließ und nach Auffindung des entwandten Gegenstandes sie mit großer Schande fortjagte. Sogleich aber zog er wieder seine Gärtnerkleider an und eilte hinunter, sie zu trösten; denn wenn er sie mit der einen Hand ohrfeigte, so trieb ihn doch die Liebe, die er für sie hegte, dazu an, sie mit der anderen zu streicheln.

Jedoch die arme Cintiella, die dachte, dass alles eine Strafe des Himmels für ihren früheren Stolz und Hochmut wäre, indem sie, die so viele Prinzen und Könige zu ihren Füßen gesehen, jetzt wie eine niedriges Frauenzimmer behandelt wurde und sie, die für die Bitten ihres Vaters ein hartes Herz gehabt, jetzt bei den Hohnreden der Dichtermägde erröten musste, die arme

Cintiella, sage ich, wurde durch den heftigen Zorn, welchen sie bei diesen Schmähungen empfand, plötzlich von Geburtsschmerzen befallen, sodass die Königin, hiervon benachrichtigt, sie heraufbringen ließ, ihr tiefes Mitleid über den Zustand bezeigte und sie in ein mit Goldstoff ausgeschlagenes Zimmer und in ein mit Gold und Perlen reich gesticktes Bett bringen ließ, worüber Cintiella vor Staunen ganz außer sich geriet, indem sie sich aus einem Stall in ein königliches Gemach und von einem Misthaufen auf ein so herrliches Lager versetzt sah und gar nicht wusste, wie ihr geschah; außerdem aber gab man ihr auch alsbald stärkende Getränke und Speisen, um ihr Kräfte zur Entbindung zu verleihen. Mit des Himmels Beistand gebar sie nun ohne große Mühe zwei so schöne Knaben, dass man nichts Artigeres auf der Welt hätte sehen können; kaum aber war sie entbunden, als auch der König wieder eintraf und ausrief: »Wo habt ihr denn euren Verstand, dass ihr dem Esel die Schabracke aufleget? Ist das ein Bett für ein so gemeines Weibsbild? Hurtig, hurtig, jagt sie mit dem Stockprügel von dannen und räuchert dieses Zimmer mit Rosmarin, damit sie es nicht anstecke.« Als jedoch die Königin diese Worte vernahm, sprach sie also: »Genug, mein Sohn, genug die Qual, die du bis jetzt deine arme Frau hast ertragen lassen; du solltest nun befriedigt sein, da du sie durch so vielfaches Leid ganz zum Schemen hingeschwunden siehst. Wenn du dich aber noch nicht für die Verachtung, die sie dir am Hofe ihres Vaters erwiesen, hinlänglich gerächt dünkst, so mögen zwei Juwelen, mit denen sie dich beschenkt hat, dir für das noch Fehlende Ersatz leisten.« So sprechend, ließ sie alsbald die beiden Kindlein, die so schön waren, wie man sie nur irgend denken kann, herbeibringen; sodass der König, durch den Anblick der zwei holdseligen Geschöpfe tief gerührt, Cintiella umarmte und sich ihr als der, welcher er wirklich war, zu erkennen gab, wobei er sagte, dass alles, was er getan, eine Folge des Zornes darüber gewesen sei, dass sie einen König, wie er, so gering geachtet, dass er sie aber von Stund an auf Händen tragen würde; und da auch die Königin sie als Frau ihres Sohnes und als ihre Tochter umarmte, belohnten sie Cintiella für die beiden Kindlein dermaßen reich, dass ihr dieser Augenblick des Trostes vollständiger Ersatz für alle erduldete Drangsal dünkte; obwohl sie hinfüro* es sich angelegen sein ließ, die Nase nicht so hoch zu tragen, indem sie stets bedachte:

»Hochmut kommt vor dem Fall.«

* Weiterhin.

Von einem eigensinnigen Kinde

Brüder Grimm

Es war einmal ein Kind eigensinnig und tat nicht, was seine Mutter haben wollte. Da hatte der liebe Gott kein Wohlgefallen an ihm und es ward krank und kein Arzt konnt' ihm helfen und bald lag es auf dem Totenbettchen. Als es ins Grab versenkt war und Erde darüber gedeckt, kam auf einmal sein Ärmchen wieder hervor und reichte in die Höhe, und wenn sie es hineinlegten und frische Erde darüber legten, so half das nicht, er kam immer wieder heraus. Da musste die Mutter selber zum Grab gehen und mit der Rute auf das Ärmchen schlagen, und wie sie das getan hatte, zog es sich hinein und hatte nun erst Ruh unter der Erde.

Der Froschprinz*

Brüder Grimm

Es war einmal ein König, der hatte drei Töchter, in seinem Hof aber stand ein Brunnen mit schönem klarem Wasser. An einem heißen Sommertag ging die älteste hinunter und schöpfte sich ein Glas voll heraus, wie sie es aber so ansah und gegen die Sonne hielt, sah sie, dass es trüb' war. Das kam ihr ganz ungewohnt vor und sie wollte es wieder hineinschütten, indem regte sich ein Frosch in dem Wasser, streckte den Kopf in die Höhe, und sprang endlich auf den Brunnenrand, da sagte er zu ihr:

»Wann du willst mein Schätzchen sein,
will ich dir geben hell, hell Wässerlein.«

»Ei, wer will Schatz von einem garstigen Frosch sein«, rief die Prinzessin und lief fort. Sie sagte ihren Schwestern was da unten am Brunnen für ein wunderlicher Frosch wäre, der das Wasser trüb machte. Da ward die zweite neugierig, ging hinunter und schöpfte sich auch ein Glas voll, das war eben wieder so trüb, dass sie es nicht trinken wollte. Aber der Frosch war auch wieder auf dem Rand und sagte:

* (Der Froschkönig)

»Wann du willst mein Schätzchen sein,
will ich dir geben hell, hell Wässerlein.«

»Das wär' mir gelegen«, sagte die Prinzessin und lief fort. Endlich kam die dritte, und schöpfte auch, aber es ging ihr nicht besser und der Frosch sprach auch zu ihr:

»Wann du willst mein Schätzchen sein,
will ich dir geben hell, hell Wässerlein.«

»Ja doch! Ich will dein Schätzchen sein«, sagte die Prinzessin, »schaff' mir nur reines Wasser«, sie dachte aber: »Was schadet dir das, du kannst ihm ja leicht aus Gefallen so sprechen, ein dummer Frosch kann doch nimmermehr mein Schatz sein.« Der Frosch aber war wieder ins Wasser gesprungen und als sie nun zum zweiten Mal schöpfte, da war das Wasser so klar, dass die Sonne ordentlich vor Freuden darin blinkte. Sie trank sich recht satt und brachte ihren Schwestern noch mit hinauf: »Was seid ihr so einfältig gewesen und habt euch vor dem Frosch gefürchtet.«

Danach dachte die Prinzessin nicht weiter daran und legte sich abends vergnügt ins Bett. Wie sie ein Weilchen darin lag und noch nicht eingeschlafen war, da hört sie auf einmal etwas an der Türe krabbeln, und danach singen:

»Mach' mir auf! mach mir auf!
Königstochter, jüngste,
weißt du nicht, wie du gesagt

als ich dem Brünnchen saß,
du wolltest auch mein Schätzchen sein,
gäb' ich dir hell Wässerlein.«

»Ei! da ist ja mein Schatz, der Frosch, sagte die Prinzessin, nun weil ich's ihm versprochen habe, so will ich ihm aufmachen«, also stand sie auf, öffnete ihm ein bisschen die Türe und legte sich wieder. Der Frosch hüpfte ihr nach und hüpfte endlich unten ins Bett zu ihren Füßchen

und blieb da liegen und als die Nacht vorüber war und der Morgen graute, da sprang er wieder herunter und fort zur Türe hinaus. Am andern Abend, als die Prinzessin wieder im Bett lag, krabbelte es wieder und sang an der Türe. Die Prinzessin machte auf, und der Frosch lag bis es Tag werden wollte, wider unten zu ihren Füßen. Am dritten Abend kam er, wie an den vorigen. »Das ist aber das letztemal, dass ich dir aufmache«, sagte die Prinzessin, »in Zukunft geschiehts nicht mehr.« Da sprang der Frosch unter ihr Kopfkissen und die Prinzessin schlief ein. Wie sie am Morgen aufwachte und meinte, der Frosch sollte wieder forthüpfen, da stand ein schöner Prinz vor ihr, der sagte, dass er der bezauberte Frosch gewesen, und dass sie ihn erlöst hätte, weil sie versprochen sein Schatz zu sein. Da gingen sie beide zum König, der gab ihnen seinen Segen und da ward Hochzeit gehalten. Die zwei andern Schwestern aber ärgerten sich, dass sie den Frosch nicht zum Schatz genommen hatten.

Die Leichenfresserin

Johann Wilhelm Wolf

Der König von England hatte eine wunderschöne Tochter, die sprach zu ihm: »Vater, wenn ich zwanzig Jahr alt bin, so sterbe ich, dann will ich hinausgetragen sein in das alte Kapellchen vor der Stadt; da sollt ihr mich in meinem Sarge hineinstellen und jede Nacht eine Schildwache dabei.« Wie sie gesagt, so geschah's: Sie starb auf ihren zwanzigsten Geburtstag und der König ließ ihren Willen tun. Sie ward in ihrem Sarge hinausgetragen in das Kapellchen und vor den Altar gestellt und als es Nacht wurde, musste eine Schildwache dabei bleiben. Als aber des andern Morgens der Soldat abgelöst werden sollte, lag er da und war ihm das Genick gebrochen. Ebenso ging es mit der zweiten Schildwache und mit der dritten, und zum vierten Male wollte es niemand probieren, ob der König gleich eine große Belohnung darauf setzte. Damals war aber gerade am Hofe von England ein fremder Schneidergeselle. Er war auf seiner Wanderschaft dahin gekommen, und weil er so gut arbeitete, ließ ihn der König nicht mehr fort, ob er gleich gar dringend darum bat, weil er das Heimweh hatte. Der machte nun einen Anschlag, wie er sich auf gute Art aus dem Staube machen möchte und als er glaubte, es würde so gelingen, trat er vor den König und sprach: »Herr König, wollt ihr mir diesen Abend einen

Säbel, eine Patronentasche und ein Gewehr geben lassen, so will ich hinausgehen und bei der Prinzessin Schildwache stehen.« Darauf lobte ihn der König sehr und ließ ihm das Verlangte geben. Der Schneider ging damit ganz keck über die Straße und zum Tor hinaus; als er aber draußen war, dachte er mit keinem Gedanken mehr an die Prinzessin, sondern machte rechts um und lief fort, was er laufen konnte. Da hörte er sich auf einmal bei Namen rufen, er hielt an und sah sich um, da stand ein kleines altes Männlein vor ihm und sprach, er solle doch kein Narr sein und fortlaufen, er gehe ja seinem eigenen Glücke durch. »Wie er das meine?«, fragte der Schneider. »Ei«, sagte das Männchen, »wenn du gescheit bist, so gehst du zurück und bleibst heute Nacht in dem Kapellchen, ich will dir sagen, wie du es anfangen musst, dass du die Prinzessin erlösest und König wirst.« Der Schneider wollte Anfangs nichts davon wissen, doch endlich ließ er sich einreden und fragte, wie er sich dazu anstellen müsse, dass ihm nicht auch das Genick gebrochen würde? Da sagte das Männchen, er solle nur in die Beichtkammer der Kapelle gehen, darin läge eine Reihe von Leichen und mitten darin sei noch ein Platz frei, da solle er sich hineinlegen und sich durch nichts irre machen lassen, was auch geschehen möchte. Dem Schneider steckte nun das Königwerden so im Kopf, dass er richtig umkehrte in die Kapelle und sich mitten zwischen die Toten in der Leichenkammer hineinlegte. Um elf Uhr sprang der Sarg auf, die Königstochter von England stieg heraus, kam in die Beichtkammer und fing an, die Leichen zu zerreißen und zu fressen. Der Schneider war mehr tot als lebendig, indem er ihr so zusah, wie sie dem einen Toten ein Bein abfraß und dem andern einen Arm und die Stücke in der Kammer herumwarf. Als es aber zwölf Uhr schlug, stieg die Prinzessin wieder in ihren Sarg, der Deckel klappte über ihr zu und alles war vorbei. Der Schneider stieg jetzt auf und stellte sich auf seinen Posten neben den Sarg. Des andern Morgens in aller Frühe kam der König mit dem ganzen Hofstaat herausgefahren, freute sich gar sehr, dass der Schneider noch lebte und nahm ihn in seiner eignen Kutsche mit nach Haus. In die Kapelle ließ er aber das allerbeste Essen aus der Schlossküche und ein ganzes Fass voll Wein bringen, damit der Schneider in der folgenden Nacht sich daran stärken könne. Dem wurde es aber doch ganz bang zu Mut, als es dunkel wurde und er wieder hinaus musste. »Wenn du diesmal hingehst, frisst sie dich gewiss!«, dachte er, als er vor dem Tor draus war und machte rechtsum und lief fort, diesmal aber einen ganz andern Weg, damit ihm das Männchen nicht begegnen sollte. Wer ihm aber doch begegnete, das war das Männchen. »He! Guter Freund!«, rief es ihm auf einmal zu, »wohinaus so eilig?« Da sprach der Schneider, diesmal gehe er nicht mehr hin, und wenn er hundertmal König werden und hundert Prinzessinnen heiraten sollte. Das Männchen sprach ihm aber gar freundlich zu, er habe jetzt die Hälfte schon vollbracht und brauche nur noch die eine Stunde auszuhalten, er wolle ihm ja sagen, wie er sich anstellen müsse, damit ihm an Leib und Leben nichts geschehen könne. Der Schneider dachte, es wäre doch immerhin schön, wenn er schon den andern Tag Hochzeit halten könnte und ließ sich zum zweiten Male bereden. Das Männchen sprach jetzt, er solle getrost wieder hingehen und sich zwischen die Toten legen, wenn aber die Prinzessin wieder da sei und so recht gierig an einer Leiche fresse, so solle er hinter ihr vorbeischleichen, bis vor den Altar und statt ihrer in den Sarg steigen.

Und so tat er's. Um elf Uhr kam die Königstochter wieder und machte sich über die Leichen her wie ein Wolf, riss eine nach der andern voneinander, warf die Gebeine in der ganzen Kirche herum und schrie dabei in einem fort: »Ich krieg dich doch, du magst stecken, wo du willst.« Endlich aber blieb sie bei einer Leiche sitzen und fraß und fraß, als wenn es der beste Braten gewesen wäre. Da stand der Schneider leise auf, schlich an ihr vorbei, bis vor den Altar und legte sich in den Sarg. Mit dem Schlag Zwölf kam die Prinzessin und wollte hineinsteigen. Als sie aber den Schneider sah, fing sie an sehr zu klagen und zu bitten, es sei ja ihr Bett, er solle doch herausgehen und sie hineinlassen, dass sie schlafen könne. Als das nichts half, fing sie an, aufs Fürchterlichste zu toben, als wenn sie ihn auf der Stelle umbringen wollte; er blieb aber ruhig liegen und sie konnte ihn nicht anrühren. Mit dem Schlage eins stürzte die Prinzessin zusammen und blieb auf dem Boden liegen und schlief. Der Schneider stand auf und sprach: »Du hast gut schlafen, denn du hast dich satt gegessen, ich habe aber seit gestern Mittag noch nichts in den Leib bekommen!«, und somit machte er sich über das Essen und den Wein her und ruhte nicht eher, als bis er auch auf den Boden fiel, und schlief wie ein Sack. Des andern Morgens kam der König mit dem Hofstaat herein, da lagen sie alle zwei auf der Erde, das eine da und das andere dort und schliefen als sollten sie nicht wieder aufstehen.

Als nun Hochzeit gehalten war und der Schneider zum ersten Mal bei der Prinzessin lag, da fürchtete er sich so vor ihr, dass er aus dem Bett springen wollte, wenn sie nur einen Finger bewegte. »Ei du Narr«, sprach sie, »bleib nur, ich tu dir ja nichts, ich hab auch die Leichen nicht gefressen, es musste dir nur so vorkommen.« Da fürchtete sich der Schneider nicht länger und gab ihr einen herzhaften Kuss. Sie lebten lang und glücklich beisammen und bekamen viele schöne Kinder.

Schneewittchen

Johann Heinrich Lehnert

Es saß einmal eine Königin zur Winterszeit, als draußen Schnee lag, am Fenster, und stickte an einem Tuche, das in einem Rahmen von schwarzem Ebenholz gespannt war. Da stach sie sich mit der Nähnadel in den Finger, dass es blutete, und machte das Fenster auf, und ließ das Blut auf den Schnee tropfen. Und weil das Rote in dem Weißen so schön aussah, so dachte sie: Hätte ich doch ein Kind, so weiß, wie Schnee, so rot, wie Blut und die Augen so schwarz, wie dieser Rahmen! Und bald darauf bekam sie ein Töchterlein, das war so weiß wie Schnee, so rot wie Blut und hatte Augen so schwarz wie Ebenholz, darum wurde es Schneewittchen genannt.

Aber bald starb ihre Mutter; da nahm die Schwester derselben, welche auch eine Königin war, dieselbe zu sich an Kindes statt, denn sie hatte keine eigenen Kinder.

Anfangs hatte Schneewittchen es recht gut bei ihr, und würde es auch immer so gut gehabt haben, wenn sie nicht so überaus schön gewesen wäre. Das gönnte ihr aber die Königin nicht; denn bisher war sie die Allerschönste im Lande gewesen und wollte es auch bleiben.

Sie hatte aber in ihrer Schlafstube einen Spiegel, wenn sie vor denselben trat, ehe Schneewittchen heranwuchs, und fragte:

»Spiegel, Spiegel an der Wand,
Wer ist die Schönst' im ganzen Land?«,

so hatte jedes Mal der Spiegel geantwortet:

»Ihr seid die Schönst' im ganzen Land.«

Jetzt aber, als Schneewittchen größer wurde, war es anders, und wenn die Königin den Spiegel fragte:

»Spiegel, Spiegel an der Wand,
Wer ist die Schönst' im ganzen Land?«,

so antwortete der Spiegel:

»Sonst wart Ihr die Schönste hier,
Jetzt ist Schneewittchen tausendmal schöner,
als Ihr!«

Da die Königin den Spiegel also sprechen hörte, ward sie blass vor Neid, und von Stund' an hasste sie Schneewittchen, und wenn sie dieselbe ansah und gedachte, dass sie durch deren Schuld nicht mehr die Schönste in der Welt heißen sollte, so kehrte sich ihr das Herz im Leibe herum. Da ließ ihr der Neid keine Ruhe; sie rief einen Jäger und sagte zu ihm: »Führe Schneewittchen hinaus in den Wald an einen weit abgelegenen Ort, da stich sie tot, und bringe mir zum Zeichen, dass du meinen Befehl gehörig vollbracht hast, des Mädchens Herz und Leber mit.«

Da nahm der Jäger Schneewittchen und führte sie tief hinein in den Wald; als er aber den Hirschfänger gezogen und eben zustechen wollte, da fiel sie auf die Knie und weinte und bat, er möchte sie leben lassen, sie wollte auch nimmermehr zurückkommen, sondern in dem Walde fortlaufen.

Den Jäger jammerte ihrer, weil sie so schön war, und er gedachte: Die wilden Tiere werden sie doch bald fressen; ich bin froh, dass ich sie nicht zu töten brauche! Und da gerade ein junger Frischling gelaufen kam, stach er den nieder, nahm Herz und Leber heraus, und brachte sie der Königin zum Wahrzeichen, dass er Schneewittchen tot gestochen hätte.

Schneewittchen aber war nun in dem großen Walde mutterseligallein, sodass ihr recht angst und graulich wurde, und fing an zu laufen und zu laufen über die spitzen Steine und durch die Dornen, den ganzen Tag. Endlich, als die Sonne untergehen wollte, kam sie an ein kleines Häuschen. Das Häuschen gehörte sieben Zwergen, die waren aber nicht zu Hause, sondern bei ihrer Arbeit im Bergwerke. Schneewittchen ging hinein, denn sie war so müde, so hungrig und durstig, und fand alles darin nur klein, aber doch niedlich und reinlich. Da stand ein Tischlein mit sieben kleinen Tellern und neben jedem Teller lag ein Löffelchen, ein Messerchen und ein Gäbelchen, und ein Becherchen stand auch dabei, und, wie es sich für kleine Leutchen passt und schickt, so waren alle Geräte, und also auch die sieben kleinen Bettchen, die an der Wand in der Reihe nebeneinander standen.

Schneewittchen, weil sie so unschuldig und arglos war und nicht dachte, es könne ihr jemand das übel nehmen, und weil sie auch so hungrig und durstig war, aß von jedem Tellerchen ein wenig Gemüse und Brot, trank aus jedem Becherchen einen oder zwei Tröpfchen Wein, und weil sie so müde war, wollte sie sich schlafen legen. Da versuchte sie die sieben Bettchen nach einander; aber keines wollte ihr passen, bis auf das siebente und letzte; darauf legte sie sich und schlief ein.

Als es Nacht war, kamen die sieben Zwerge von ihrer Arbeit nach Haus, und steckten ihre sieben Lichtlein an; da sahen sie, dass jemand in ihrem Hause gewesen war. Der Erste sprach: »Wer hat auf meinem Stühlchen gesessen?« Der Zweite: »Wer hat von meinem Tellerchen gegessen?« Der Dritte: »Wer hat von meinem Brötchen genommen?« Der Vierte: »Wer hat von meinem Süppchen gekostet?« Der Fünfte: »Wer hat mit meinem Gäbelchen gestochen?« Der Sechste: »Wer hat mit meinem Messerchen geschnitten?« Der Siebente: »Wer hat aus meinem Becherchen getrunken?«

Danach sah der erste sich um und sprach: »Wer hat in meinem Bettchen gelegen?« Und so alle weiter bis zum Siebenten. Wie der nach seinem Bette sah, fand er Schneewittchen darin liegen und schlafen. Da kamen die Zwerge alle gelaufen und schrien vor Verwunderung und holten ihre sieben Lichtlein herbei und betrachteten Schneewittchen. Sie weckten das liebe Kind aber nicht auf, sondern ließen es schlafen im Bettchen, und gingen recht leise und sanft, damit sie nicht möchte erwachen. Und der siebente Zwerg, in dessen Bettchen das liebe unschuldige Kindlein so sanft schlummerte, legte sich zu den übrigen Zwergen, bei jedem eine Stunde, und da war die Nacht herum.

Als nun am Morgen Schneewittchen aufwachte, fragten die Zwerge, wer sie wäre, und wie sie sich in ihr Haus gefunden hätte? Da erzählte sie ihnen, wie die Königin sie habe umbringen wollen, der Jäger ihr aber das Leben geschenkt, und wie sie den ganzen Tag gelaufen, bis sie endlich in dies Häuschen gekommen wäre.

Da hatten die Zwerge Mitleid mit ihr und sagten: »Wenn du unsern Haushalt verwalten und kochen, nähen, waschen, das Haus kehren, die Betten machen und stricken willst, und alles ordentlich und reinlich halten, so sollst du bei uns bleiben, und es soll dir an nichts fehlen; Abends kommen wir nach Hause, da muss der Tisch gedeckt, und das Essen fertig sein; am Tage aber sind wir im Bergwerke und graben Gold, da bist du allein; hüte dich nur vor der Königin, vor der du immer noch nicht sicher bist, und lass niemand herein.«

Schneewittchen blieb nun bei den Zwergen; aber die Königin meinte, sie wäre tot, und folglich wäre sie wieder die Schönste im Lande. Darum trat sie morgens vor den Spiegel, und fragte:

»Spiegel, Spiegel an der Wand,
Wer ist die Schönst' im ganzen Land?«

Da antwortete der Spiegel:

»Ihr seid die Schönste hier,
aber Schneewittchen bei den sieben Zwergen
ist tausendmal schöner, als Ihr!«

Als das die Königin hörte, erschrak sie, und sah wohl, dass sie betrogen worden, und der Jäger Schneewittchen nicht getötet hätte. Weil sie nun wusste, dass die sieben Zwerge draußen im Walde hinter den sieben Bergen wohnten, so schloss sie gleich, dass Schneewittchen sich zu denselben gerettet haben müsste, und sann von Neuem darauf, wie sie dieselbe töten möchte: Denn solange der Spiegel nicht sagte, dass sie die schönste Frau im Lande wäre, hatte sie keine Ruhe. Sie verkleidete sich deshalb selber in eine alte Krämerin, färbte ihr Gesicht ganz gelb, dass sie auch kein Mensch erkannte, und ging hinaus vor das Zwerghaus. Sie klopfte an die Tür und rief: »Macht auf, macht auf, ich bin die alte Krämerfrau, die schöne Ware feil hat!« Schneewittchen öffnete das Fenster und guckte hinaus. »Was habt Ihr denn?«, fragte sie. »Schnürband, liebes Kind«, sagte die Alte und holte eines hervor, das war von gelber, roter und blauer Seide geflochten; »willst du das haben?« – »Ei ja«, sprach Schneewittchen, und dachte: Die alte gute Frau kann ich wohl hereinlassen, die meint es redlich; sie riegelte also die Türe auf, und erhandelte sich das Schnürband. »Aber wie bist du denn so lose geschnürt«, sagte die Alte; »komm, ich will dich einmal schnüren, wie es ordentlich sein muss.«

Schneewittchen stellte sich vor sie hin. Da nahm sie das Schnürband und schnürte ihr die Brust so fest damit, dass ihr der Atem verging und sie für tot hinfiel. Darüber war die Alte zufrieden, und ging fort.

Als die Zwerge um Mitternacht heimkamen, da erschraken sie sehr: Denn ihr liebes Schneewittchen lag tot auf dem Boden. Aber sie merkten bald, dass die böse Mutter müsse da gewesen sein, hoben das schöne Kind in die Höhe, und da sie sahen, dass es so fest geschnürt war, schnitten sie das Schnürband entzwei – und siehe! Nach und nach atmete es wieder und schlug die Augen auf. Da freuten sich die Zwerge sehr und ermahnten und baten Schneewittchen, doch keinen Menschen wieder ins Häuschen zu lassen.

Als nun die Königin nach Hause gekommen war, trat sie wieder vor den Spiegel, und sagte:

»Spiegel, Spiegel an der Wand,
Wer ist die Schönst' im ganzen Land?«

Der Spiegel antwortete:

»Ihr seid die Schönste hier,
aber Schneewittchen ist tausendmal schöner,
als Ihr!«

Sie erschrak, dass das Blut ihr all zum Herzen lief, da sie merkte, dass Schneewittchen wieder lebendig geworden wäre, und sann den ganzen Tag und die ganze Nacht, wie sie es doch anfangen wollte, Schneewittchen an das Leben zu kommen. Darum verkleidete sie sich in einen hausierenden Kaufmann, setzte sich einen falschen Bart an, und machte sich ganz unkenntlich; dann nahm sie ein Kästchen mit Ware unter den Arm, und ging so hinaus hinter die Berge. Unter der Ware hatte sie aber einen stark vergifteten Kamm, damit wollte sie Schneewittchen umbringen.

Als sie an das Häuschen der Zwerge gekommen war, klopfte sie an die Türe. Aber Schneewittchen rief: »Ich darf niemand hereinlassen!« Da sie aber durch das Fenster gesehen hatte, dass es ein Mann war, so ließ sie die Furcht fahren, weil er ihr so sehr zuredete, und machte auf. Nun zog die verkleidete Königin den vergifteten blinkenden Kamm hervor, steckte ihr denselben in die Haare, und so tief in die Haut, dass das Mädchen niederfiel, und tot war. »Nun wirst du liegen bleiben!«, sagte die Königin, und ging mit einem erleichterten Herzen davon.

Die Zwerge aber kamen zur rechten Zeit nach Hause und da sie sahen, was geschehen war, zogen sie den giftigen Kamm aus den Haaren. Da schlug Schneewittchen die Augen auf und war wieder lebendig und versprach den Zwergen, sie wolle gewiss niemand wieder einlassen.

Indessen stellte sich die Königin wieder vor ihren Spiegel und fragte:

»Spiegel, Spiegel an der Wand,
wer ist die Schönst' im ganzen Land?«

Und der Spiegel antwortete:

»Ihr seid die Schönste hier,
aber Schneewittchen bei den Zwergen ist
tausendmal schöner, als Ihr!«

Als das die Königin wieder hörte, zitterte und bebte sie vor Zorn. »Schneewittchen soll sterben«, rief sie aus, »und wenn es mir das Leben kostet!« Und damit ging sie in ihre heimlichste Stube, wohin niemand kommen durfte, weil sie ihre bösesten Giftkünste hier trieb, und vergiftete den schönsten, rotbäckigsten Apfel, den sie finden konnte, auf der roten Seite mit dem schrecklichsten Gifte, die andere grüne Seite aber blieb unberührt. Hierauf verkleidete sie sich als Bauersfrau, legte mehrere Äpfel in einen Tragekorb, worunter auch der vergiftete befindlich war, und ging so zu der Wohnung der Zwerge. Sie klopfte an die Türe. Schneewittchen aber rief aus dem Fenster: »Ich darf keinen hereinlassen, die Zwerge haben es mir verboten.« – »Nun, wenn Ihr nicht wollt«, sagte die Bäuerin, »so kann ich Euch nicht zwingen. Meine Äpfel werde ich doch wohl noch los werden. Da, einen will ich Euch zur Probe schenken.« – »Nein, ich darf nichts Geschenktes nehmen, die Zwerge wollen es nicht haben!« antwortete Schneewittchen. Da sprach die Alte: »Ihr mögt Euch wohl fürchten – nun so will ich den Apfel entzweischneiden; seht da, die eine Hälfte esse ich hier, kostet Ihr die andere«, und damit reichte sie ihr die rote Seite des Apfels hin. Da ließ sich Schneewittchen endlich bereden, nahm die Hälfte des Apfels durch das Fenster hin und biss hinein, doch kaum, dass sie einen Bissen in den Mund genommen hatte, so fiel sie tot zur Erde nieder.

Die Königin aber freute sich, ging nach Hause, und fragte den Spiegel:

»Spiegel, Spiegel an der Wand,
wer ist die Schönst' im ganzen Land?«

Da antwortete er:

»Ihr seid die Schönst' im ganzen Land!«

»Nun habe ich Ruhe«, sprach sie, »da ich wieder die Schönste im Lande bin, und Schneewittchen wird dies Mal wohl tot bleiben.«

Als die Zwerge des Abends aus dem Bergwerke nach Hause kamen, da lag das liebe Schneewittchen auf dem Boden und war tot. Sie lösten ihr Schnürband, sahen zu, ob sie nichts Giftiges in ihren Haaren fänden – Alles umsonst! Sie war tot und blieb tot. Darum legten sie dieselbe auf eine Bahre, und setzten sich alle sieben daran, und weinten drei Tage lang. Aber als sie nun die Leiche begraben wollten, da sahen sie, dass Schneewittchen noch gar nicht wie eine Tote aussah, sondern noch ganz frisch war, und die schönen weißen und roten Backen noch hatte. Deshalb ließen sie einen Sarg von Glas machen, zu welchem die Luft konnte, und legten sie hinein, dass man sie sehen konnte, schrieben auch mit goldenen Buchstaben ihren Namen und ihre Abstammung darauf, und einer blieb jeden Tag zu Hause und bewachte den Sarg.

So lag Schneewittchen eine lange, lange Zeit im Sarge und verweste nicht, war auch so weiß wie Schnee, und so rot wie Blut, und wenn sie die Äuglein hätte auftun können, so wären sie so schwarz wie Ebenholz gewesen: Denn sie lag da, als wenn sie schliefe.

Einmal kam ein junger Prinz, der sich auf der Jagd weithin verirret, und nun in dem Walde verspätet hatte, wo das Haus der Zwerge stand. Er trat hinein, um in demselben zu übernachten.

Als er nun in der Stube war und Schneewittchen in dem gläsernen Sarge liegen sah, worauf die sieben Lichtlein so recht ihren Schein warfen, konnte er sich nicht satt an ihrer Schönheit sehen und las die goldene Inschrift und erfuhr nun, dass sie eine Königstochter wäre. Da bat er, sie möchten ihm denselben schenken, denn er könnte nicht leben, ohne sie zu sehen, er wolle sie so hoch halten und ehren, wie sein Liebstes auf der Welt. Da waren die Zwerge mitleidig und gaben ihm den Sarg. Der Prinz aber ließ ihn in sein Schloss tragen und auf seine Stube setzen; er selber saß den ganzen Tag dabei und konnte die Augen nicht abwenden. Wenn er aber ausgehen musste und Schneewittchen nicht sehen konnte, so ward er traurig, konnte auch keinen Bissen essen, wenn der Sarg nicht neben ihm stand. Die Diener aber, die beständig den Sarg herumtragen mussten, waren unwillig darüber, und einer hob einmal, als der Prinz nicht zu Hause war, den Sargdeckel auf, richtete Schneewittchen in die Höhe und sagte: »Um so eines toten Mädchens willen wird man den ganzen Tag gejagt und geplagt!«, und dabei gab ihr der unverschämte Mensch einen tüchtigen Schlag in den Rücken.

Da flog plötzlich dem toten Schneewittchen der vergiftete Apfelzapf, den sie hinunter geschluckt hatte, aus dem Schlunde, und alsbald war sie wieder lebendig.

Da ging er hin zu dem Prinzen und erzählte ihm, was vorgefallen war. Der aber wusste sich vor Freude gar nicht zu fassen, eilte hin, nahm Schneewittchen an die Hand und in die Arme, und sie ward seine Braut, und die Hochzeit bestellt. Dazu ward Schneewittchens gottlose Pflegemutter auch eingeladen. Diese aber wusste und ahnte nichts. Als sie sich nun zur Hochzeit schmückte und vor den Spiegel trat, fragte sie:

»Spiegel, Spiegel an der Wand,
wer ist die Schönst' im ganzen Land?«

Da antwortete der Spiegel:

»Ihr seid die Schönste hier,
aber des Königs Braut ist tausendmal
schöner, als Ihr.«

Als sie dies hörte, erschrak sie, und es ward ihr so Angst und beklommen, dass sie es nicht sagen konnte. Doch trieb sie der Neid, dass sie auf der Hochzeit die Königsbraut sehen wollte. Als sie ankam, sah sie, dass es Schneewittchen war, und sank vor Schrecken beinahe in Ohnmacht.

Aber die Zwerglein waren auch auf der Hochzeit und weil sie dachten, dass Strafe sein müsste, hatten sie Pantoffeln von Eisen geschmiedet, und hatten sie glühend gemacht. Diese musste die Königin anziehen und darin tanzen, bis sie tot war. Sie wurde von allen verabscheut, Schneewittchen aber hatte alle Welt lieb.

Der Mäuseturm

Friedrich Gottschalck

Wer die reizenden Gegenden des Rheins von Mainz bis Koblenz durchwanderte oder auf den klaren Fluten des alten deutschen Stroms die großen Bilder einer großen Natur vor dem trunkenen Auge magisch vorüberziehen ließ, dem zaubert auch gewiss die Erinnerung das Bild des alten wankenden Turms herbei, dessen Namen er hier als Überschrift liest; sieht ihn wieder vor sich, wie er auf der kleinen Insel unter Bingen, nahe dem linken Ufer, dem Rhein entsteigt, und hört noch den geschwätzigen Schiffer, der ihm mit ernster Miene die seltsame Mähre des Turms erzählte, und schaudernd, ob des schrecklichen Beispiels von bestrafter Pfaffengrausamkeit alter Zeiten, ein »Gott sei bei uns!« ausrief.

Es war nämlich im Jahre nach Christi Geburt 968, als Hatto II., der Ostfranken Herzog, mit dem Beinamen Bonosus, Abt zu Fulda, ein Mann von großer Klugheit und überhaupt glänzenden Geistesgaben, zum Erzbischof von Mainz erwählt ward. Er war aber ein hartherziger Mann und dem Geize sehr ergeben, häufte daher Schätze auf Schätze, und verwahrte sie sorgfältig.

Während seiner Regierung geschah es nun, dass zu Mainz und in der umliegenden Gegend eine so große Hungersnot eintrat, dass die Armen, aus Mangel an

Lebensmitteln ihr Leben nicht mehr zu fristen vermögend, dahin starben. Ein großer Haufen drang vor Hattos Schloss und bestürmte ihn mit flehentlichen Bitten um Linderung ihrer Not.

Der hartherzige Mann verweigerte es ihnen und schalt sie, dass sie müßiges schlechtes Volk wären, und nicht arbeiten wollten. Die Armen wurden ungestümer und forderten mit furchtbarer Stimme Brot. Da ließ Hatto eine große Anzahl Hungriger, unter dem Scheine, als sollten Früchte und Lebensmittel unter sie ausgeteilt werden, in einige Kornhäuser sich sammeln, ließ sie dann zuschließen und in Brand stecken, sodass alle den elenden Tod in den Flammen starben; und während der Unglücklichen Klagegeschrei aus dem Feuer himmelan stieg, rief er mit ruchloser Fühllosigkeit den Mithelfern des Verbrechens zu: »Hört ihr, wie die Mäuse pfeifen!«

Aber es schwieg nicht bei dieser Gräueltat die Rache des Himmels, die einen wunderbaren und noch nie erhörten Tod über Hatto verhängte. Es entstand nämlich und stürzte aus der Asche der erbärmlich Verbrannten ein solches Heer Mäuse auf ihn zu, dass, wohin er sich auch wenden mochte, diese Tiere mit Bissen ihn verfolgten. Flüchtete er sich auf die steilsten und höchsten Örter – an den Wänden hinauf kletterten sie ihm nach. Schloss er sich noch so eng ein, so drangen sie durch die kleinsten Ritzen, stürmten in überschwänglicher Menge auf ihn los, und bissen, zerfleischten und zernagten ihn. Und so groß war ihr Ungestüm, dass, je heftiger man sie abzutreiben suchte, mit desto stärkerer und erneuerter Wut sie auf ihn los gingen – ja, wo sie an Wänden und Tapeten seinen Namen fanden, den nagten sie weg.

Als sich nun der Bischof in dieser jämmerlichen Lage zu Lande nirgends sicher sah, da suchte er im Wasser Hilfe. Er ließ deshalb schleunig einen Turm in den Rhein bauen und floh in einem Nachen* dahin. Durch doppeltes Bollwerk sich sicher während, hoffte er, der reißende Strom werde den Mäusen den Zugang zu ihm verwehren, und er so vor ihrer Wut gerettet sein. Allein auch hier entging er der göttlichen Rache nicht. Die Mäuse schwammen in so ungeheurer Anzahl über den Strom, dass sie, obgleich eine Menge ersoff, dennoch Tausende am Turme anlangten. Nun kletterten sie an den Mauern hinauf, drangen überall ein, dem Bischofe nach, und zerfleischten ihn so, dass er endlich des jämmerlichsten Todes sterben musste.

* Kleines Boot.

Das vergrabene Kind

Karl Müllenhoff

Bei Heiligensteden war am Stördeich ein großes Loch, das man auf keine Weise auffüllen konnte, soviel Erde und Steine man auch hineinwarf. Weil aber der ganze Deich sonst weggerissen und viel Land überschwemmt wäre, musste das Loch doch auf jeden Fall ausgefüllt werden. Da fragte man in der Not eine alte kluge Frau: die sagte, es gäbe keinen andern Rat, als ein lebendiges Kind da zu vergraben, es müsse aber freiwillig hinein gehen. Da war da nun eine Zigeunermutter, der man tausend Taler für ihr Kind bot und die es dafür austat. Nun legte man ein Weißbrot auf das eine Ende eines Brettes und schob dieses so über das Loch, dass es bis in die Mitte reichte. Da nun das Kind hungrig darauf entlang lief und nach dem Brote griff, schlug das Brett über und das Kind sank unter. Doch tauchte es noch ein paarmal wieder auf und rief beim ersten Mal: »Ist nichts so weich als Mutters Schoß?«, und beim zweiten Male: »Ist nichts so süß als Mutters Lieb?«, und zuletzt: »Ist nichts so fest als Mutters Treu?« Da aber waren die Leute herbeigeeilt und schütteten viel Erde auf, dass das Loch bald voll ward und die Gefahr für immer abgewandt ist. Doch sieht man bis auf den heutigen Tag noch eine Vertiefung, die immer mit Seegras bewachsen ist.

Der verwunschene Frosch*

Carl und Theodor Colshorn

Es war einmal ein Kaufmann, der hatte drei Töchter, seine Frau aber war beim lieben Gott. Einst wollte er über das Weltmeer nach einem fremden Lande, um Gold und andere kostbare Sachen zu holen; und er tröstete die weinenden Kinder und sagte: »Ich bringe euch auch was Schönes mit! Was wünschet ihr euch?« Die älteste bat um ein seidenes Kleid; »es muss aber von dreierlei Seide sein.« Die zweite wünschte sich einen Federhut; »er muss aber dreierlei Federn haben.« Die jüngste endlich sagte: »Mir bring eine Rose mit, lieber Vater; sie muss aber frisch und von dreierlei Farbe sein.« Der Kaufmann versprach es, küsste die Töchter und reiste weg.

Nachdem er in dem fremden Lande angekommen war, bestellte er für seine älteste Tochter das Kleid von dreierlei Seide, für die zweite den Hut mit dreierlei Federn, und beides war bald fertig und von seltener Pracht. Nun sandte er auch Boten aus durch dasselbige ganze Land, um für seine jüngste und liebste Tochter die dreifarbige Rose zu suchen; doch alle kamen mit leerer Hand zurück, obgleich der Kaufmann viel Gold ausgelobt hatte, und obgleich es dort mehr

* (Der Froschkönig)

Rosen gab, als Gänseblümchen bei uns. Traurig fuhr er wieder heim und war die ganze Reise missmutig; da kam er diesseits des Weltmeers an einem großen Garten vorbei, in dem gab es nichts als lauter Rosen und Rosen. Er ging hinein und suchte und siehe! Auf einem schlanken Strauche mitten im Garten saß die dreifarbige Rose. Voller Freude brach er sie und wollte wieder zurück; da aber war er festgebannt und eine Stimme hinter ihm rief: »Was willst du in meinem Garten?« Er sah hin und ein großer Frosch saß dort am Ufer eines klaren Teiches, stierte ihn an mit seinen Glotzaugen und sagte: »Du hast meine liebe Rose gebrochen und bist dafür dem Tode verfallen, es wäre denn, dass du mir deine jüngste Tochter zur Frau gäbest.« Der Kaufmann erschrak und bat und flehte; es war aber alles vergebens und so musste er sich endlich entschließen, seine liebste Tochter dem hässlichen Frosch zu verloben. Da waren seine Füße gelöst und er wanderte frei aus dem Garten; der Frosch aber rief ihm noch nach: »In sieben Tagen hole ich meine Gemahlin!«

Das war ein Herzeleid, als der Kaufmann der jüngsten Tochter die frische Rose gab und dabei den Vorfall erzählte! Und als der schreckliche Tag kam, kroch sie unter ihr Bett; denn sie wollte und wollte nicht mit. Um die Mittagsstunde aber kam ein stattlicher Wagen vorgefahren; und der Frosch schickte seine Diener ins Haus, die gingen stracks in die Kammer, holten die schreiende Jungfrau unter dem Bett hervor und trugen sie in den Wagen; die Rosse sprangen davon, und in kurzer Zeit waren sie in dem blühenden Rosengarten. Mitten im Garten, dicht hinter dem klaren Teiche, stand ein kleines Haus; die Braut wurde ins Haus gebracht und auf ein weiches Bett gelegt, der Frosch aber sprang ins Wasser.

Als es dunkel wurde und die Jungfrau aus ihrer Ohnmacht erwachte, hörte sie, wie der Frosch draußen im Teiche wundersüße Weisen sang; und je näher Mitternacht kam, desto lieblicher sang er, und immer näher

und näher kam es heran. Um Mitternacht öffnete sich die Kammertür, und der Frosch hüpfte auf ihr Bett; er hatte aber ihr Herz gerührt mit seinen süßen Liedern, und sie nahm ihn mit ins Bett und deckte ihn warm zu. Und am andern Morgen, als sie die Augen öffnete, siehe! Da war der hässliche Frosch der schönste Königssohn von der Welt; und er dankte ihr herzlich und sagte: »Du hast mich erlöst und bist nun meine Gemahlin!« Da haben sie lange glücklich mit einander gelebt.

Eine Mordtat durch eine Kröte entdeckt

Karoline Stahl

Selten nur bleibt eine böse Tat ganz verborgen und oft noch im spätesten Alter muss, der sie beging, sie büßen. Eine Frau, die in einer unzufriedenen Ehe mit ihrem Manne lebte, beschloss, da sie schlecht und boshaft war, ihn aus der Welt zu schaffen, und beredete einen ebenso elenden Menschen ihr in diesem Vorhaben beizustehen. Beide schlichen sich in der Nacht, als der Mann ganz sorgenlos schlief, an sein Bette und schlugen ihm einen Nagel in den Kopf, der ihn augenblicklich tötete; dann verbreitete sie das Haar über den Kopf des Nagels, dass er nicht zu sehen war. Am andern Morgen erhob die Frau ein großes Geschrei und rief ihre Hausgenossen zusammen, um ihnen ihren, vom Schlage getroffenen und gleich tot gebliebenen Mann zu zeigen. Da sich keine Wunde oder sonst eine Spur einer gewaltsamen Verletzung zeigte, schöpfte Niemand einen Verdacht, dass die Frau seinen Tod befördert habe. Er ward begraben und die Witwe und ihr Mordgehilfe heirateten sich. Dass sie nie ein ruhiges, zufriedenes Leben kannten, ist gewiss; doch lebten sie über zwanzig Jahre hindurch, dem Anschein nach, glücklich. Nach Verlauf dieser Zeit ward die Gruft, in welcher der Gemordete ruhte, geöffnet, um sie auszuräumen, weil sie zu sehr angefüllt war. Es werden dann die Gebeine derer, die schon lange gestorben sind, aus der Gruft genommen und ins Beinhaus getan, um Platz für folgende Leichen zu machen. Die Totengräber sahen mit Erstaunen einen Totenkopf hin und her rollen und als sie ihn genauer untersuchten, fanden sie eine Kröte in demselben, die durch ihre Bewegungen das Rollen des Kopfes bewirkte; aber auch einen eisernen Nagel, der tief durch die Hirnschale ins Gehirn gedrungen war, entdeckten sie. Auf die Anzeige ward sogleich eine Untersuchung angestellt und da nach der Angabe des Kirchenbuches und der Totengräber, die zu jener Zeit gelebt hatten, sich nicht bezweifeln ließ, wem der Kopf gehörte, wurden seine Mörder eingezogen und verhört. Ihre Bestürzung und ihre Unruhe verrieten sie, und bald gestanden sie ihr Verbrechen ein, das nach den Gesetzen mit dem Tode bestraft ward.

Die ungehorsamen Mäuschen

Karoline Stahl

Die Mäuschen schmausten so gern
Konfekt und Zuckerwaren;
Und, merkten Süßes sie von fern,
Gleich liefen sie in Scharen,
Aus allen Löchern flink herzu,
Um schnell davon zu naschen;
Und flüchteten sich auch im Nu,
Wenn man sie wollte haschen.

Die Mutter sprach: »es tut nicht gut
Das allzu ofte stehlen;
Der Mensch, so sorglos er auch tut,
Weiß seine Zeit zu wählen.
Drum rat ich euch, nascht nur mit Maas,
Dass es ihn nicht verdrieße.
Treibt nicht zu weit, noch arg, den Spaß,
Und meidet mir das Süße.«

Doch ach! die Mäuschen hörten nicht
Auf ihrer Mutter Lehre,
Die ihrer Naschsucht widerspricht,
Dass sie sie nicht betöre.
Sie schmausen in dem Zuckerbrot
Ein Gift, für sie verborgen.
So fanden alle schnell den Tod
Ach, schon am andern Morgen.

Der Teufel und der Schmied von Schnitabach

Anton Birlinger

Der Schmied von Schnitabach machte einen Vertrag mit dem Teufel: Er wollte der beste Schmied sein, recht Geld haben, allerlei Kunststücklein verstehen. So bekam er's auch. Als die Zeit für den Schmied um war, kam ein Unterteufel abgesandt und wollte den Schmied holen. Der Schmied hieß ihn auf einige Augenblicke auf den Birnbaum dort steigen. Teufel saß droben und konnte nicht mehr weg. Der Schmied nahm eine Stange, zwickte und stupfte den droben mit den Worten: er solle nur auf seinen Vertrag verzichten, die Zeit sei übrigens noch gar nicht da. Später kam ein anderer Teufel, den hieß der Schmied von Schnitabach in seinen Altvatersessel sitzen; konnte ebenfalls nimmer heraus und der Schmied bantschte* ihn. Endlich kam der Oberteufel selber und wollte ihn mitnehmen. Der listige Schmied von Schnitabach tat dem Herrn Oberteufel gar artig und bewog ihn, er möchte sich auch zu einem Riesen machen, er könne ja aus sich machen was er wolle. Der Teufel machte sich zu einem fürchterlichen Riesen. Jetzt bat ihn der Schmied von Schnita-

* In *Deutsches Provinzialwörterbuch* von Anton Edler von Klein (1792) wird Bantschen wie folgt definiert: »Bantschen, hauen. Man sagt z. B. zu Kindern: Du kriegst den Arsch gebantscht.« (Ebd. S. 38)

bach, ob er sich nicht auch so klein machen wolle, dass er in seinen Tabaksbeutel könnte. Der Teufel machte sich klein, schlüpfte in den Tabaksbeutel. Schmied machte zu, legte ihn auf seinen Ambos und hämmerte gewaltig drauf los. Der Teufel schrie mörderlich, »er wolle ihn ja gehen lassen.« Endlich starb der Schmied von Schnitabach und wollte in den Himmel, St. Petrus wies ihn rundweg ab. Geht in die Hölle und klopft an. »Wer draußen?«, sagte er: »Der Schmied von Schnitabach.« »Fort, fort!«, schrien alle Teufel, »der soll sein Eckle irgend anders suchen.«

Die Kinder in Hungersnot

Brüder Grimm

Es war einmal eine Frau mit ihren zwei Töchtern in solche Armut geraten, dass sie auch nicht ein bisschen Brot mehr in den Mund zu stecken hatten. Wie nun der Hunger bei ihnen so groß ward, dass die Mutter ganz außer sich und in Verzweiflung geriet, sprach sie zu der ältesten: »Ich muss dich töten, damit ich etwas zu essen habe.« Die Tochter sagte: »Ach, liebe Mutter, schont meiner, ich will ausgehen und sehen, dass ich etwas zu essen kriege ohne Bettelei.« Da ging sie aus, kam wieder, und hatte ein Stückchen Brot eingebracht, das aßen sie miteinander, es war aber zu wenig, um den Hunger zu stillen. Darum hub die Mutter zur andern Tochter an: »So musst du daran.« Sie antwortete aber: »Ach, liebe Mutter, schont meiner, ich will gehen und unbemerkt etwas zu essen anderswo ausbringen.« Da ging sie hin, kam wieder und hatte zwei Stückchen Brot eingebracht; das aßen sie miteinander, es war aber zu wenig, um den Hunger zu stillen. Darum sprach die Mutter nach etlichen Stunden abermals zu ihnen: »Ihr müsset doch sterben, denn wir müssen sonst verschmachten.« Darauf antworteten sie: »Liebe Mutter, wir wollen uns niederlegen und schlafen, und nicht eher wieder aufstehen, als bis der jüngste Tag kommt.« Da legten sie sich hin und schliefen einen tiefen Schlaf, aus dem sie niemand erwecken konnte, die Mutter aber ist weggekommen und weiß kein Mensch, wo sie geblieben ist.

Nennillo und Nennella[*]

Giambattista Basile

Weh dem, der seinen Kindern in einer Stiefmutter eine Pflegerin zu geben glaubt; er bringt ihnen mit einer solchen doch nur die Anstifterin ihres Verderbens ins Haus; denn niemals sieht man, dass eine Stiefmutter die Kinder einer Andern mit günstigen Augen betrachtet, und wenn es wirklich einmal eine gegeben hat, die dies getan, so kann man es als ein Wunder betrachten und sagen, sie sei ein weißer Rabe gewesen. Außer den vielen Stiefmüttern aber, von denen ihr vielleicht schon habet reden hören, werde ich euch jetzt auch noch von einer erzählen, die man unter die gewissenlosesten zählen kann, und welche die Strafe verdiente, die sie sich selbst auferlegt hatte.

Es war einmal ein Mann, namens Jannuccio, der zwei Kinder besaß, Nennillo und Nennella, die er mehr liebte als sich selbst; nachdem aber der Tod mit der Feile der Zeit alle Schlösser des Gefängnisses, in welchem die Seele seiner Frau eingesperrt war, durchgefeilt hatte, heiratete er eine nichtswürdige, schändliche Betze[**] von Weibsbild, welche nicht sobald den Fuß über die Schwelle ihres Mannes setzte, als sie auch

[*] (Hänsel und Grethel)

[**] *Betze* entspricht dem englischen *Bitch*, wird bisweilen auch als *Bestie* übertragen.

anfing, den Kopf hoch zu tragen und zu sagen: »Bin ich denn hierhergekommen, um die Kinder einer Anderen zu lausen? Das fehlte mir gerade, dass ich mir diese Bürde aufladen und den ganzen Tag diese Schreibälge um mich haben sollte. Eher wollte ich, dass ich den Hals gebrochen hätte, als dass ich für schlechtes Essen, schlechteres Trinken und noch schlechteres Schlafen, wie es mir diese Brut bereitet, in diese Hölle kam; dies Leben kann ich nicht länger ertragen; denn ich will Hausfrau und nicht Dienstmagd sein. Ich muss irgendein Mittel finden, um mich von diesem Gezücht zu befreien, oder gehe selbst drauf; besser ist es, einmal zu erröten, als hundertmal zu erblassen; ich will der Sache ein für allemal ein Ende machen; denn ich bin fest entschlossen, sie mir vom Halse zu schaffen oder selbst davonzulaufen.«

Der arme Ehemann, der dieses Weibsstück ziemlich liebgewonnen hatte, erwiderte darauf: »Sei nur nicht so erbittert, liebe Frau, denn der Zucker ist teuer. Morgen früh aber, wenn der Hahn kaum gekräht hat, will ich dich von dieser Bürde befreien und dir so allen Anlass zum Ärger aus dem Weg räumen.« Ehe also noch des andern Tages Aurora die rote Bettdecke zum Fenster des Ostens hinaus ausbreitete, um die Flöhe auszuschütteln, nahm der arme Vater seine zwei Kinder bei der Hand, einen großen Korb voll Lebensmittel an den Arm und führte jene dann in einen Wald, wo ein Heer von Pappeln und Buchen die Dunkelheit belagert hielt. Dort angelangt, sprach Jannuccio zu seinen Kindern: »Meine lieben Kinder, bleibet hier an diesem Orte, esset und trinket froh und fröhlich, und wenn es euch an etwas fehlt, so seht diesen Streifen Asche, den ich hier hinstreue und welcher euch wie ein Faden aus diesem Labyrinth gerades Weges nach unserem Hause führen wird«; hierauf gab er jedem Kinde einen Kuss und kehrte weinend nach Hause zurück. Um die Stunde aber, wenn alle Geschöpfe, von den Gerichtsdienern der Nacht vorgefordert, der Natur die Steuer des Schlafes abzahlen, hatten die Kinder Angst, an jenem öden Orte allein zu bleiben, wo das Rauschen eines Flusses, welcher die kecken Steine peitschte, die ihm mutwillig in den Weg traten, selbst einen Rodomont* hätte in Furcht setzen können; sie zogen daher langsam den Aschenpfad entlang und kamen endlich gegen Mitternacht am Hause des Vaters an. Pascozza aber, ihre Stiefmutter, gebärdete sich nicht wie ein Weib, sondern wie eine leibhaftige Furie und stieß ein gewaltiges Geschrei aus, indem sie mit Händen und Füßen um sich schlug und wie ein scheues Pferd schnaubte, wobei sie ausrief: »Was ist das? Woher kommen zum Teufel diese Klunkern,** diese Filzläuse? Kann denn kein Quecksilber von dem Hause vertreiben? Willst du sie durchaus mir zur Kränkung im Hause behalten? Schaff sie mir jetzt gleich aus den Augen, denn ich will weder das Krä-

* Prahlhans, eitler Angeber. Bisweilen auf die epischen Dichtungen von Matteo Maria Boiardo und Ludovico Ariosto bezogen, deren Rodomonte in *Orlando innamorato* und *Orlando furioso* durch übermäßigen Mut und ebensolche Kraft auffällt.

** Hier gleichbedeutend zu Faulpelze.

hen der Hähne noch das Piepen der Hühner abwarten; wenn aber nicht, so kannst du eher die Platze kriegen,* ehe ich je wieder bei dir schlafe, sondern gleich morgen früh kehre ich in das Haus meiner Eltern zurück; denn du verdienst mich nicht, und nicht dazu habe ich so viele schöne Sachen ins Haus gebracht, um den Schmutz und Gestank der Bälge anderer Frauen aufzuriechen, noch habe ich dazu eine so reiche Mitgift von meinen Eltern erhalten, um eine Sklavin von Kindern zu sein, die mich nichts angehen.«

Der arme Jannuccio, welcher sah, wie schlimm die Sachen gingen und wie hitzig seine Frau wurde, nahm sogleich wieder die Kinder bei der Hand und kehrte mit ihnen in den Wald zurück, woselbst er ihnen wie das vorige Mal einen Korb mit Esssachen gab und zu ihnen sprach: »Ihr sehet, meine einzig geliebten Kinder, wie sehr eure Stiefmutter, die euch zum Verderben und mir zum Kummer in mein Haus gekommen ist, euch hasst; darum bleibet also nur in diesem Walde, wo die Bäume, mitleidiger als sie, euch gegen die Sonne schützen, wo der Fluss, wohlwollender als sie, euch ohne Gift und Galle zu trinken geben und die Erde, freundlicher als sie, euch Rasenlager ohne Gefahr darbieten wird, und wann es euch an Lebensmitteln fehlt, so kommt diesen Pfad von Kleie entlang, den ich in gerader Linie bis an unser Haus mache, und holt euch, was ihr bedürfet.« So sprechend, wandte er sein Angesicht fort, um nicht zu zeigen, dass er weinte und die armen Dinger nicht zu entmutigen.

* hier: in übermäßige Wut geraten.

Als diese nun das, was sich im Korbe befand, verzehrt hatten, wollten sie nach Hause zurückkehren; da aber zum Unglück die auf die Erde gestreute Kleie von einem Esel weggefressen worden, so verfehlten sie den Weg und irrten einige Tage lang im Walde umher, indem sie sich von Eicheln und Kastanien nährten, welche sie auf der Erde fanden. Durch die Fügung des Himmels jedoch, der stets seine Hand über die Unschuldigen hält, ging gerade um diese Zeit ein Prinz in jenem Walde auf die Jagd, und Nennillo bekam beim Bellen der Hunde so große Furcht, dass er in einen hohlen Baum kroch, während Nennella anfing, aus allen Kräften zu laufen, bis sie aus dem Wald hinaus an die Meeresküste gelangte. Dort wurde sie von Seeräubern, die Holz einnahmen, entführt und hierauf von deren Anführer derselben in sein Haus gebracht, wo er und seine Frau, unlängst durch den Tod einer Tochter beraubt, sie an

Kindes statt annahmen. Inzwischen war Nennillo, der sich in den Baum verkrochen hatte, von Hunden umringt worden, die ein betäubendes Gebell erhoben, dergestalt, dass der Prinz endlich nachsehen ließ, was dazu Anlass gäbe, und da man diesen schönen Knaben fand, der noch so klein war, dass er nicht zu sagen wusste, wer seine Eltern seien, so hieß er einen Jäger, ihn mit in den Sattel nehmen und in den königlichen Palast bringen. Dort ließ er Nennillo sehr sorgfältig erziehen und in allen schönen und nützlichen Dingen, besonders aber in dem, was ein Vorschneider wissen muss, unterrichten, sodass er nach einigen Jahren dermaßen geschickt in seiner Kunst wurde, dass er die Speisen aufs zierlichste vorzuschneiden verstand.

Während dieser Zeit nun entdeckte man, dass der Schiffseigner, in dessen Hause sich Nennella befand, ein Seeräuber wäre und wollte ihn daher ins Gefängnis setzen; weil er aber die Gerichtsleute zu Freunden hatte und sie in seinem Solde hielt, so bekam er Wind und machte sich mit seinem ganzen Hause aus dem Staube. Es war aber vielleicht die Gerechtigkeit des Himmels, die es bewirkte, dass der, welcher sein Verbrechen auf dem Meere verübt, auch auf dem Meere dafür büßen sollte; denn da er sich auf einer schwachen Barke eingeschifft hatte und sich nun eben mitten auf der See befand, kam ein solcher Windstoß und Wogendrang, dass die Barke umschlug und alle ertranken; nur Nennella, die nicht wie seine Frau und seine Kinder an den Räubereien teilgenommen hatte, entkam der Gefahr, indem sich zu derselben Zeit in der Nähe des Schiffes ein großer bezauberter Fisch befand, welcher seinen furchtbaren Rachen öffnete und Nennella verschlang. Als sie aber eben glaubte, dass es mit ihr vorbei wäre, erblickte sie im Bauch des Fisches wunderbare Dinge; denn es befanden sich darin herrliche Gefilde, wunderschöne Gärten und ein prächtiger Palast mit allen Bequemlichkeiten, in welchem sie wie eine Prinzessin wohnte. Der Fisch brachte sie hierauf mit größter Schnelligkeit an eine Seeküste, und da eben drückendste Glut des Sommers war, welche sengte, wie ein Kalkofen, so hatte sich der Prinz gerade dorthin begeben, um sich an der Meeresfrische zu erquicken. Während man nun ein prächtiges Mahl bereitete, war Nennillo auf einen Balkon des Palastes, der sich am Ufer befand, getreten, und schliff dort einige Messer, indem er, um sich Ehre einzulegen, seinem Amt mit vielem Eifer vorstand. Sobald ihn daher Nennella durch die Kehle des Fisches erblickte, erhob sie ihre Stimme aus der Tiefe und rief: »Mein Brüderlein, mein Brüderlein, die Messer sind geschliffen fein, der Tisch gedeckt nett und rein, doch schmerzt es mich gar bitterlich, in diesem Fisch zu sein ohn' dich!« Nennillo selbst achtete zwar anfangs nicht auf diese Stimme; der Prinz jedoch, welcher sich auf einem anderen Austritte befand und diese klagenden Töne gleichfalls vernommen hatte, wandte sich nach dieser Richtung hin und erblickte so den Fisch. Als er dieselben Worte noch einmal wiederholen hörte, geriet er vor Erstaunen ganz außer sich und schickte eine Anzahl Leute ab, um zuzusehen, ob sie vielleicht den Fisch durch List oder sonst auf irgendeine Weise ans

Land ziehen könnten. Inzwischen hörte er immer dieselben Worte »Mein Brüderlein, mein Brüderlein« wiederholen und fragte daher jeden einzelnen seiner Diener, ob er vielleicht eine Schwester besäße, die sich von ihm verloren hätte, worauf endlich Nennillo erwiderte, er erinnere sich wie im Traume, dass, als er im Walde gefunden wurde, er eine Schwester gehabt habe, von der er nimmer wieder etwas gehört. Der Prinz sagte hierauf zu ihm, er solle sich dem Fisch nähern und sehen, was da los wäre, vielleicht ginge diese Sache gerade ihn an. Nennillo ging an den Fisch heran, worauf dieser seinen Kopf dem Ufer nahe brachte und einen sechs Ellen hohen Rachen öffnete, aus dem Nennella in solcher Schönheit heraustrat, dass sie ganz wie eine Nymphe* aussah, welche in irgendeinem Zwischenspiel durch die Zauberei eines Magiers aus dem Bauche eines Fisches hervorkommt. Als der Prinz sie nun fragte, wie sie da hineingekommen wäre, so erzählte sie ihm einen Teil ihrer Leidensgeschichte, und namentlich, wie sie von ihrer Stiefmutter gehasst worden. Da jedoch weder sie noch ihr Bruder sich des Namens ihres Vaters oder ihres Wohnortes zu erinnern vermochten, so ließ der Prinz öffentlich ausrufen, dass, wer zwei Kinder namens Nennillo und Nennella verloren hätte, in den königlichen Palast kommen sollte; denn er würde dort eine erfreuliche Nachricht erhalten. Jannuccio, welcher die ganze Zeit über ein trauriges und trostloses Leben verbracht hatte, indem er glaubte, dass seine Kinder wä-

* Bezeichnung für heiratsfähiges Mädchen, in der Mythologie Bezeichnung für einen weiblichen Naturgeist.

ren von den Wölfen gefressen worden, eilte, als er jene Bekanntmachung vernahm, voll Fröhlichkeit zu dem Prinzen und sagte ihm, dass er die Kinder verloren habe, wobei er zugleich erzählte, wie er von seiner Frau wäre gezwungen worden, sie in den Wald zu bringen. Der Prinz wusch ihm nun gehörig den Kopf und nannte ihn einen einfältigen Pinsel, dass er sich von einer Frau so ins Bockshorn jagen lassen, und zwei solche Juwelen, wie seine Kinder gewesen, von sich gestoßen hätte. Nachdem er ihn aber gehörig heruntergemacht, legte er ihm wieder das Pflaster des Trostes auf, indem er ihm seine beiden Kinder zuführte, die nun der Vater nicht müde wurde zu umarmen und zu küssen, worauf der Prinz ihm den Kittel abnehmen und stattdessen eine prächtige Kleidung anlegen ließ. Alsbald hieß er die Frau Jannuccios herbeirufen, zeigte ihr dessen schmuckes Kinderpaar und fragte sie, was derjenige wohl verdiene, der ihnen irgendetwas Böses täte und sie in Lebensgefahr brächte. »Ich würde ihn«, erwiderte sie, »in ein zugemachtes Fass stecken und dies hierauf einen Berg hinunterrollen.«* »So geschehe es«, versetzte der Prinz; »der Bock hat sich dieses Mal selbst gestoßen. Wohlan, da du dir selbst dein Urteil gesprochen, so soll

* Eine ähnliche Strafe findet sich später bei den Brüdern Grimm. In *Die Gänsemagd* wird eine Übeltäterin um eine gerechte Strafe befragte und antwortet: »Die ist nichts bessers wert, als splitternackt ausgezogen in ein Fass inwendig mit spitzen Nägeln beschlagen geworfen zu werden, und zwei weiße Pferde davor gespannt müssen sie Gass auf Gass ab zu Tode schleifen!« (Vgl. Brüder Grimm, 1812 bis 1815).

es auch ausgeführt werden; denn du hast diese deine Stiefkinder mit unverdientem Hass verfolgt.« Demgemäß befahl er den von ihr selbst gefällten Spruch in Ausführung zu bringen, worauf er Nennella einem seiner Vasallen, einem sehr reichen Edelmann, die Tochter eines anderen ebenso reichen Edelmannes aber ihrem Bruder zur Frau gab, indem er ihnen hinlängliche Einkünfte anwies, damit sie und ihr Vater, ohne irgendjemandes zu bedürfen, bequem leben könnten, während ihre Stiefmutter in ein Fass eingeschlossen und zugleich vom fernern Leben ausgeschlossen wurde, wobei sie bis zu ihrem letzten Atemzug immerfort durchs Spundloch schrie:

»Wohl langsam mahlt des Schicksals Mühlenstein,
doch packt er sicher und zermahlt fein.«

Die entdeckte Alte

Giambattista Basile

Das uns Frauen eingepflanzte, verwünschte Laster, hübsch zu scheinen, bringt uns so weit, dass wir, um den Rahmen der Stirn zu vergolden, das Gemälde des Antlitzes verderben, um die Falten der Haut zu weißen, die Knochen des Gebisses zerstören und, um die Glieder leuchten zu lassen, die Sehkraft verdunkeln; denn bevor die Stunde erscheint, wo der schuldige Tribut der Zeit gegeben werden muss, kommt der Eiter in die Augen, kommen Runzeln auf dem Gesichte und Fäulnis in die Zähne. Wenn aber schon ein junges Frauenzimmer, welches aus zu großer Eitelkeit diesen Teufelskünsten obliegt, im höchsten Grade tadelnswürdig erscheint, um wie viel mehr Züchtigung verdient nicht eine alte Vettel,* die noch mit jungen Mädchen wetteifern will und sich so dem Hohn der Leute und ihrem eigenen Untergange Preis gibt, wie ich euch dies in einer Erzählung zeigen werde, wenn ihr mir auf kurze Zeit ein freundliches Gehör leihen wollet.

Es lebten einmal in einem Garten, auf welchen die Fenster des Königs von Starkenfels hinausgingen, zwei alte Weiber, welche der Inbegriff der Widerlichkeiten, das Protokoll der Gebrechen, das Hauptbuch der Häss-

* Schimpfwort. Bezeichnet eine alte Frau mit verdorbenem Charakter.

lichkeit waren und verworrene, struppige Haare, eine runzlige, blättrige Stirn, schiefe, borstige Brauen, dicke, senkrechte Augenlider, welke, verdrehte Augen, gelbsüchtige, faltige Gesichter, einen aufgesperrten, verzogenen Mund, kurzum Barte wie die Kälber, eine haarige Brust, bucklige Schultern, welke Arme, verdrehte, wankende Säbelbeine und krumme Füße hatten, weswegen sie, um mit ihren hässlichen Fratzengesichtern selbst nicht einmal von der Sonne gesehen zu werden, sich in einer Hütte unter den Fenstern jenes Königs vergraben hatten. Dieser nun sah sich von ihnen dergestalt belästigt, dass er keinen Wind lassen konnte, ohne dass diese zänkischen Vetteln sich darüber aufhielten, da sie über die geringste Kleinigkeit brummten und geiferten und sich bald darüber beklagten, dass eine heruntergefallene Jasminblume ihnen die Kahlköpfe verletzt, bald, dass ein zerrissenes Stück Papier ihnen eine Schulter zerschlagen, bald wieder ein bisschen Staub ihnen einen Schenkel gequetscht hätte, sodass der König, als er dieses Übermaß von Verzärtelung wahrnahm, daraus folgerte, dass unter ihm die Quintessenz der Zartheit, das Nonplusultra von Weichheit und das Extrem von Empfindlichkeit wohne. Es ergriff ihn daher ein Verlangen aus dem innersten Herzen und ein Gelüst aus der tiefsten Seele, dieses Wunder zu sehen und über diese Sache ins Klare zu kommen, und er fing an, von unten und oben Seufzer auszustoßen, sich zu räuspern, ohne dass er den Katarrh* hatte, und mit einem Wort sich frei he-

* Schleimabsonderung, aber auch Schnupfen.

raus und ohne Rückhalt auszusprechen, indem er sagte: »Wo, o wo verbirgst du dich, du Juwel, Schmuck und Zier der Welt? Komm hervor, komm hervor oh Sonne, erwärme mich, oh Kaiserin, lass schauen deine holden Reize, zeige die Lampen der duftreichen Liebesapotheke! Stecke doch deinen Kopf heraus, du Hauptbank der echten Schönheitskapitalien; sei nicht so geizig mit deinem Anblick, öffne die Türen dem armen Falken,* verleihe mir deine Gunst, wenn du sie mir wirklich jemals verleihen willst; lass mich das Instrument schauen, aus welchem diese schöne Stimme ertönt, die Glocke, welche diese Klänge entsendet, gewähre mir den An-

* Originalanmerkung: Öffne die Türen dem armen Falken. Ein Spiel […]. Die Spielenden fassen sich nämlich bei den Händen und tanzen im Kreise; einer derselben bleibt jedoch in der Mitte stehen und singt die Verse:
Aprite, aprite porte
A povero Farcone
oder, wie Cortese in dem Briefe an *Messer Uneco* sie anführt:
Apere le porte
Ca Farcone vole entrare
worauf die Tanzen die Hände, ohne sie jedoch loszulassen, so hoch als möglich in die Höhe heben und dabei singen:
Le porte stanno aperte
So Farcone vole entrare
(Die Türen sind geöffnet,
Der Falke kann herein).
Gelingt es nun dem in der Mitte Stehenden in diesem Augenblick unter den Händen zweier der Tanzenden, ehe sie dieselben sinken lassen, durchzuspringen, so ist er frei; sonst muss er im Kreise bleiben, und der Tanz beginnt von Neuem. Falke heißt eben der in der Mitte Befindliche, als wenn er in einem Käfig wäre (dann sollte es aber statt *entrare* vielmehr *uscire* heißen).

blick dieses seltenen Vogels und lasse es nicht geschehen, dass ich gleich den pontischen Schafen mich von Wermut nähre, indem du mir das Anschauen und die Betrachtung deiner Schönheit versagst.«

Diese und noch viele andere Worte rief der König aus, aber er hätte mit allen Glocken läuten können, die alten Weiber hätten ihn doch nicht erhört, da ihre Ohren für ihn verstopft waren. Dadurch wurde indes nur noch mehr Öl ins Feuer gegossen, und der König fühlte sich wie Eisen in dem Ofen des Verlangens erglühen, von der Zange des Gedankens festgehalten und von dem Hammer der Liebespein hämmern, um irgendeinen Schlüssel ausfindig zu machen, mit welchem er das Kästchen jener Juwelen, die ihn vor Sehnsucht sterben machten, öffnen könnte. Er ließ daher nicht ab, sondern fuhr fort, flehende Bitten auszustoßen und immer eindringlicher zu reden, ohne sich jemals einige Ruhe zu gönnen, sodass die alten Vetteln, welche anfangs über die Liebeserklärungen und Verheißungen des Königs voll Ärger und Zorn gewesen waren, endlich beschlossen, diese Gelegenheit sich nicht entschlüpfen zu lassen, um diesen Vogel, der von selbst ins Netz flog, auch darin zu fangen.

Als daher der König wieder eines Tages oben am Fenster ungeduldig wartete, sagten sie zu ihm durch das Schlüsselloch mit leiser Stimme, dass die größte Gunst, die sie ihm nach Verlauf von acht Tagen erweisen würden, nur darin bestehen könnte, dass sie ihn einen einzigen Finger sehen ließen. Der König, der als erfahrener Krieger recht gut wusste, dass man die Festungen nur ellenweise erobert, schlug diesen Antrag nicht ab, indem er das alte Wort »Nimm, was du bekommst, und fordere mehr« recht gut kannte und hoffte, auch diesen festen Platz, den er belagerte, fingerweise zu erobern, weswegen er diesen peremptorischen Termin* des achten Tages bereitwillig annahm, um das achte Wunder der Welt endlich zu schauen.

Die alten Weiber taten unterdes nichts anderes, als dass sie gleich einem Apotheker, der Sirup eingegossen hat, sich die Finger in der Absicht leckten und saugten, damit, wenn der festgesetzte Termin erschiene, die, welche den glättesten hätte, denselben dem Könige zeigen sollte. Dieser befand sich inzwischen wie auf der Folter, indem er die bestimmte Stunde sehnsüchtig herbeiwünschte, um sein Verlangen zu befriedigen, und die Tage zählte, die Nächte ruhelos verbrachte, die Stunden abwog, die Minuten abmaß, die Sekunden belauschte und die Augenblicke berechnete, welche ihm für die Erwartung des ersehnten Glückes als Ziel gegeben waren, so wie bald die Sonne anflehte, dass sie in den Gefilden des Himmels irgendeinen Nebenpfad einschlagen möchte, damit sie auf diese Weise ihren Weg verkürzend vor der gewöhnlichen Stunde den feurigen Wagen in den Schuppen bringen und die von so langer Fahrt ermüdeten Rosse zur Tränke führen könne, bald wieder die Nacht beschwor, dass sie die Dunkelheit zerstreuen und ihn jenen Tag erblicken ließe, der, so lange er ihn nicht sähe, ihn in den Kalkofen der Liebesflamme fest-

* Frist.

bannte, und ein andermal wieder mit der Zeit zankte, dass sie, um ihn zu ärgern, auf Krücken ginge und sich bleierne Schuhe angezogen habe, damit sie die Stunde verzögere, wo die ihm von dem geliebten Gegenstand ausgestellte Verschreibung liquidiert und die zwischen ihnen stipulierte* Verpflichtung erfüllt werden sollte. Endlich jedoch erschien mit des Himmels Hilfe der festgesetzte Tag; er begab sich daher an demselben in eigener Person in den Garten und pochte an die Tür, indem er ausrief: »Nanu, nanu!«, worauf eine von den alten Weibern, die bejahrteste** von beiden, nachdem sie auf dem Probierstein der Vergleichung gesehen hatte, dass ihr Finger von besserem Gehalt als der ihrer Schwester war, ihn durch das Schlüsselloch steckte und dem Könige zeigte.

Es war dies aber kein Finger, sondern ein zugespitztes Hölzchen, das ihm ins Herz stach; aber auch kein Hölzchen, sondern eine Keule, die ihm einen betäubenden Schlag versetzte! Aber was sage ich Hölzchen und Keule? Es war ein angezündeter Schwefelfaden für den Zunder seines Verlangens, eine brennende Lunte für das Schießpulver seiner Wünsche! Jedoch was sage ich Hölzchen, Keule, Schwefelfaden und Lunte? Es war ein Dorn unter dem Schwanz seiner Gedanken oder vielmehr eine Purgans*** von Fingerfeigen,**** die ihm die

* vertraglich geregelte

** älteste

*** Abführmittel.

**** Fruchtbarkeits- und Glückssymbol. Feige galt aber, wie auch Pflaume, als vulgäre Bezeichnung für die Vagina einer Frau.

Blähungen der Liebespein mit einem Sturm von Seufzern abtrieb. Der König ergriff hierauf diesen Finger, küsste ihn und rief aus: »Oh du Behältnis der Süßigkeiten, du Verzeichnis der Freuden, du Register der Liebesprivilegien, um dessen willen ich zum Vorratshaus der Leiden, zum Magazin der Schmerzen, zum Zollhaus der Qualen geworden bin! Ist es möglich, dass du dich so hart und unerbittlich zeigen willst, dass du dich von meinen Klagen nicht erweichen lassest? Ach, mein teuerstes Leben, wenn du mir durch das Loch den Schwanz zeigst, biete mir doch auch das Mäulchen dar, damit wir uns ein Gelee von Genüssen bereiten! Wenn du mir eine Schnecke weisest, oh du Meer der Süßigkeiten, weise mir doch auch die Austern; lass mich die Augen des wundervollen Falken schauen und ihn an meinem Herzen sich sättigen! Wer sperrt den Schatz deines schönen Antlitzes in einen Abtritt? Wer lässt diese schöne Ware in einer finsteren Höhle *Quarantäne* halten? Wer hält die Gewalt Amors in dieser Hundehütte gefangen? Komm hervor aus dieser Grube, tritt heraus aus diesem Stalle, befreie dich aus diesem Loche, fasse ein Herz, denn ich stehe dir bei; und alles, was ich kann und vermag, ist dir zu Befehl. Wisse nämlich, dass ich ein König bin und nicht etwa ein Lump, vielmehr schaffen und zerstören kann nach meinem Belieben; jener falsche, blinde Sohn eines lahmen Schmiedes und einer gemeinen Metze* aber, der über die Zepter eine unbeschränkte Willkür ausübt, will, dass ich dein

* Veraltet: Hure, Prostituierte.

Sklave sei und als Gnade das erbitte, was ich dir durch eigene Machtvollkommenheit entreißen könnte; denn ich weiß sehr wohl, dass man Venus durch Schmeicheleien und nicht durch Trotz und Gewalt bemeistert.«

Die Alte, welche wusste, wo Bartel Most holt,* und eine Erzfüchsin, eine alte Katze und im höchsten Grade schlau, listig und verschlagen war, außerdem aber auch noch bedachte, dass die Bitte eines Höheren so viel ist wie ein Befehl und der Widerstand eines Dieners die cholerischen Säfte im Leibe des Herrn aufrührt, die sich dann in einem Durchfall von Unheil Luft machen, fing an, klein beizugeben, und sprach mit einer Stimme, wie die einer geschundenen Katze: »Gnädiger Herr, da Ihr die Gnade habet, euch der zu unterwerfen, die unter euch steht, und es nicht für unwürdig erachtet, euch von dem Zepter zur Kunkel,** von dem Palast zu einem Stall, von der königlichen Pracht zu einem Unterrock, von dem Glück zum Elend, vom Söller zum Keller und vom Ross zum Esel herabzulassen, so kann, mag und darf ich mich nicht dem Willen eines so großen Königs widersetzen. Wenn Ihr daher diese Verbindung zwischen einem Fürsten und einer Magd, dieses Mosaik von Elfenbein und Pappelholz, diese Inkrustierung von Diamanten und Glaswürfeln wünschet, so bin ich jetzt gleich zu Eurem Befehl willig und bereit, indem ich mir nur eine einzige Gnade als erstes Zeichen des Wohlwollens, welches ihr für mich heget, erbitte, dass ihr mich

* Sie ist sexuell erfahren.

** Teil eines Spinnrades zur Befestigung des zu spinnenden Materials.

nämlich bei Nacht und ohne Licht in euer Bette aufnehmet, da ich es nicht ertragen könnte, entblößt gesehen zu werden.« Der König, ganz außer sich vor Freude, schwur ihr also mit der Hand auf dem Herzen, dass er dies sehr gern tun würde, und nachdem er nun auf diese Weise eine Schale voll Zucker nach einem Mundvoll Teufelsdreck geworfen hatte, ging er von dannen und konnte die Stunde nicht erwarten, wo die Sonne aufhört, die Gefilde des Himmels zu pflügen, damit die Sterne darauf gesät werden können, um selbst das Feld zu besäen, auf welchem er Freuden scheffelweise und Genüsse nach Zentnern zu ernten hoffte.

Kaum war aber die Nacht erschienen und hatte voll Zorn darüber, so viele Laden- und Manteldiebe auf den Straßen zu sehen, die Dunkelheit gleichsam eimerweise ausgegossen, so zog die Alte sich alle Runzeln am Leibe zusammen, machte daraus eine einzige, die sie mit einem Bindfaden auf dem Rücken zusammenband, und gelangte alsdann im Dunkeln, von einem Kammerdiener geführt, in das Gemach des Königs, woselbst sie ihre Lumpen rasch abwarf und ins Bett kroch. Als nun der König, welcher wie die Lunte am Zündloch bereit war, sie eintreten und sich niederlegen hörte, so rieb er sich vom Kopf bis auf die Füße mit Moschus und Zibet* ein, begoss sich über und über mit wohlriechenden Wassern und stürzte sich hierauf wie ein korsischer Bullenbeißer** in das Bett. Der Alten kamen freilich die mannigfachen Salben und Düfte, die der König mitbrachte, wie geru-

* Übelriechendes Drüsensekret der Zibetkatzen.

** Jagdhund.

fen, da er auf diese Weise den Atem ihres Mundes, den Bocksgeruch der Achseln und den Gestank noch anderer Dinge nicht gewahr wurde; sobald er sich indes niedergelegt und angefangen hatte, zu fühlen, so merkte er beim Betasten den dicken Wulst auf dem Rücken, nahm auch die schlappen Schrotbeutel* und die eingefallenen Hinterbacken der Alten wahr und fiel daher ganz wie aus den Wolken; er wollte jedoch für den Augenblick nichts sagen, um zuvor genauer nachzuforschen, sondern tat sich lieber Gewalt an, indem er in einen abscheulichen Hafen einlief, während er an der Küste von Posilippo** zu sein glaubte, und in einem elenden Lastschiffe fuhr, während er an Bord einer Galeere*** zu segeln dachte. Nicht sobald aber wurde die Alte vom ersten Schlaf überfallen, als der König rasch aus einem Schrank von Ebenholz und Silber einen gemsledernen Beutel, in welchem sich ein Feuerzeug befand, hervor nahm, eine Lampe anzündete und dann die Bettdecke aufhob; aber statt einer Nymphe erblickte er eine Harpyie,**** statt einer Huldgöttin***** eine

* Brüste.

** Wohlhabende Gegend in Neapel.

*** Kriegsschiff des Mittelalters.

**** Geflügeltes Mischwesen der griechischen Mythologie. Oft dargestellt als geflügelte Frau. Zu Boccaccios Zeiten galten sie als Symbol des Bösen. In der *Divina Commedia* von Dante peinigen Harpyien die Selbstmörder.

***** Im Grimm'schen Wörterbuch werden sie als Grazien, die nie altern, definiert. (Vgl. Grimm, Jacob und Wilhelm: http://woerterbuchnetz.de/DWB/call_wbgui_py_from_form?sigle=DWB&mode=Volltextsuche&hitlist=&patternlist=&lemid=GH13090)

Furie,* statt einer Venus** eine Gorgone*** und geriet hierüber in solche Wut, dass er das Tau abhauen wollte, welches an diesem Schiff befestigt gewesen war, und schnaubend vor Zorn alle seine Diener herbeirief; diese eilten auf das Alarmgeschrei ihres Gebieters wie bei einer Kamisarde**** in Hemden herbei und sahen den König auf die Alte loshauen, als wenn er Fleisch hackte, während er ihnen zurief: »Sehet doch einmal, was für einen Streich mir diese Großmutter des Teufels gespielt hat! Denn da ich es mit einem säugenden Kälbchen zu tun zu haben glaubte, so sehe ich ein Mondkalb vor mir; da ich eine zarte Taube gefangen zu haben dachte, finde ich diese Eule in meinen Händen, da ich mir einbildete, einen Bissen für einen König erhascht zu haben, halte ich mir dieses Scheusal, dieses Brechmittel an den Mund. Freilich, so und noch viel schlimmer muss es jedem ergehen, der die Katze im Sack kauft! – Hat sie mich nun aber auch auf diese Weise übertölpelt, so soll sie doch dafür gehörig büßen; darum ergreifet sie rasch, und, wie sie da steht und geht, werfet sie zum Fenster hinaus!«

* In der römischen Mythologie Rachegöttin, umgangssprachlich als wütende Frau definiert.

** In der antiken Mythologie: Liebesgöttin.

*** In der griechischen Mythologie gelten Gorgonen als hässliche Frauen, zu denen z. B. auch Medusa zählte, eine Frau mit Schlangenhaaren, deren Anblick Menschen zu Stein verwandelt. ›Gorgone‹ wird auch heute noch als abwertende Bezeichnung für Frauen verwendet.

**** Militärisch. Ein nächtlicher Überraschungsangriff, wenn der Gegner noch schläft.

Als die Alte dies hörte, fing sie an, sich mit Händen und Füßen zu verteidigen, indem sie ausrief, dass sie von diesem Urteil appelliere, da sie nur auf sein eigenes, dringendes Flehen in sein Bett gekommen sei, dass sie außerdem hundert Doktoren der Rechte zu ihrer Verteidigung herbeibringen würde, dass ferner nach dem Sprichwort ein altes Huhn gute Brühe gäbe, und dass endlich nach einem andern man nicht den alten Weg für den neuen verlassen solle. Trotz alledem aber wurde sie beim Kopf und bei den Beinen ergriffen und in den Garten hinuntergestürzt, wobei sie indes glücklicherweise mit den Haaren an dem Zweige eines Feigenbaumes hängenblieb und deswegen auch nicht den Hals brach. So geschah es nun, dass am andern Morgen sehr früh, ehe noch die Sonne von dem Gebiet Besitz genommen, das die Nacht ihr abgetreten hatte, bei jenem Garten einige Feen vorüberzogen, welche aus einer gewissen verdrießlichen Laune noch nie weder gesprochen noch gelacht hatten, und als sie jenes Schreckgespenst, das die Schatten der Nacht vor der Zeit verscheucht hatte, an dem Baume hängen sahen, wurden sie von einem solchen baucherschütternden Lachen befallen, dass sie fast geborsten wären und mit herausgestreckter Zunge den Mund eine Zeit lang nicht zu schließen vermochten. Um die Alte nun für diesen herrlichen Spaß zu belohnen, verliehen ihr die Feen jede einen Zaubersegen, indem eine nach der andern ihr wünschte, dass sie jung, schön, reich, vornehm, tugendhaft, von jedermann geliebt und glückselig werden sollte, worauf sie sich entfernten. Die Alte aber befand sich plötzlich auf dem Boden, auf einem Sitz von schwerstem Samt mit goldenen Fransen, am Fuße desselben Baumes, an dem sie gehangen und der sich jetzt in einen Baldachin von grünem Samt mit goldenem Hintergrund verwandelt hatte; ihr Gesicht sah aus wie das eines fünfzehnjährigen Mädchens und so schön, dass alle andern Schönheiten alte Schlurren neben einem niedlichen Schuh und Strümpfchen geschienen hätten; im Vergleich mit dieser Grazie der Paläste hätte man alle andern Grazien für Bewohnerinnen des Trödlerviertels und der Winkelgassen halten müssen; wo diese ihren Trumpf des Scherzes und Kosens ausspielte, würde sie allen andern die Bank gesprengt haben; außerdem war sie auch so geputzt, geschmückt und prunkend wie eine Königin; denn das Gold leuchtete, die Edelsteine blitzten, die Blumen wiegten sich, und so viele Diener und Dienerinnen umstanden sie rings umher, dass es schien, als würde Ablass* ausgeteilt.

Inzwischen hatte sich der König eine Decke umgehängt, ein Paar Pantoffel angezogen und sich dem Fenster genähert, um zu sehen, was aus der Alten geworden war; bei dem überraschenden Anblick aber, der sich ihm darbot, blieb er mit weit aufgesperrtem Maule stehen und betrachtete eine Zeit lang, wie an den Boden gewurzelt, jenes hübsche Stück Menschenfleisch, indem er bald die Haare bewunderte, die zum Teil entfesselt um die Schultern spielten, zum Teil in einen goldenen Knoten geknüpft waren und den Neid der Sonne

* Erlassung der Strafe für begangene Sünden.

erweckten, bald seine Aufmerksamkeit auf die Augenbrauen wandte, welche gleich Bogen die Herzen mit ihren Pfeilen durchbohrten, bald die Augen anschaute, welche die Leuchtfeuer Amors zu sein schienen, bald wieder sich von dem Mund entzückt fühlte, in welchem die Grazien wie in einer Liebeskelter Anmut kelterten und den süßen Epperwein und Malvasier des Entzückens hervorlockten. Anderseits drehte er sich wie ein Wetterhahn, und als wäre er von Sinnen, beim Anblick des schimmernden und flimmernden Schmuckes, den sie am Halse trug und der reichen Kleiderpracht, die sie umgab, sodass er mit sich selbst zu reden begann und also sprach: »Bin ich im ersten Schlaf oder wache ich? Habe ich meine Sinne oder fasele ich? Bin ich ich selbst, oder bin ich es nicht? Welcher Wurf hat mit dieser schönen Kugel mich, den König, so geschickt getroffen, dass ich sogleich umgepurzelt bin? Es ist vorbei mit mir, es ist um mich geschehen, wenn ich keinen Ausweg finde! – Woher ist doch diese Sonne aufgegangen, wie ist diese Blume emporgesprosst, wie dieses Vögelein ausgekrochen, um mein Herz wie mit Haken an sich zu ziehen? Welches Schiff hat sie hierher gebracht, welche Wolke herabgeregnet? Was für Ströme von Schönheit reißen mich in ein Meer von Qualen?«

Während dieses Selbstgesprächs stürzte er die Treppe hinunter, eilte in den Garten und, vor die neuverjüngte Alte tretend, rollte er sich fast vor ihr auf der Erde, indem er ausrief: »Oh mein liebliches Kussmäulchen, oh Püppchen der Grazien, oh holde Taube von dem Wagen der Venus, siegreicher Köder Amors, wenn du jemals dein Herz wie ein Stück Wäsche im Fluss eingeweicht hast, wenn kein Hundeunrat dir in die Ohren gekommen und kein Schwalbenkot dir in die Augen gefallen ist, so bin ich überzeugt, dass du die Schmerzen und Leiden wahrnehmen und erkennen musst, die deine Schönheit so plötzlich und unversehens über meine Seele ausgegossen hat, und wenn du auch dem Beuchkessel* meines Gesichtes die Lauge nicht ansiehst, die mir im Innersten kocht, der Flamme meiner Seufzer den Kalkofen nicht ansiehst, der mir überall in meinem Leibe brennt, so kannst du doch vermöge deines Verstandes und deiner Klugheit leicht aus deinen Haaren abnehmen, welche Bande mich fesseln, aus deinen Augen, welche Gluten mich verzehren, und aus den roten Bogen deiner Lippen, welche Pfeile mich durchbohren! Verriegle daher nicht die Türe des Mitleids, ziehe die Brücke der Barmherzigkeit nicht auf, verstopfe die Quelle der Gnade nicht und wenn du mich auch nicht für würdig hältst, das Indult** deines schönen Antlitzes zu erwerben, so gewähre mir wenigstens den Geleitschein freundlicher Worte, den Schutzbrief irgendeines Versprechens und die Anwartschaft guter Hoffnung; denn sonst nehme ich mir mit Gewalt, was du nie wiedererlangen kannst.«

Diese und noch tausend andere Worte kamen ihm aus der tiefsten Brust, sodass sie die neuverjüngte Alte auf das lebhafteste rührten und sie ihn zuletzt zu ihrem Gemahl erkor, worauf sie sich erhob, sich an seinem

* Dampfkochfass, wird beim Wäschewaschen verwendet.

** Gnadenerweis.

Arme zur Kutsche begab und mit ihm in derselben nach dem königlichen Palaste fuhr. Hier nun wurde alsbald ein sehr großes Gastmahl veranstaltet und dazu alle vornehmen Frauen eingeladen, nicht minder aber auch die Freundin der jungen Alten, welche diese gleichfalls gegenwärtig zu sehen wünschte. Es kostete jedoch gar große Mühe, sie ausfindig zu machen und zu dem Bankett zu bringen, da sie vor großer Furcht sich dermaßen versteckt und verkrochen hatte, dass man keine Spur von ihr entdecken konnte. Als sie aber nach vielem Suchen herbeigeschafft war und nun neben ihrer früheren Genossin, welche sie nur mit genauer Not wiederzuerkennen vermochte, da saß, fing zwar die ganze übrige Gesellschaft an, tüchtig zuzugreifen; die arme Alte jedoch hatte einen ganz anderen Hunger, der sie nagte, indem sie nämlich vor Neid platzte, ihre Gevatterin so jung und schön zu sehen, und sie daher alle Augenblicke am Ärmel zupfte und ihr zuraunte: »Was ist denn mit dir vorgegangen, Schwester, was ist denn mit dir vorgegangen?«, worauf diese antwortete: »Jetzt iss, nachher werde ich dir erzählen.« Der König, der dies bemerkte, fragte seine Braut, ob die Alte etwas verlange, und da sie ihm erwiderte, dass ihre Freundin ein wenig grüne Soße zu haben wünschte, befahl er sogleich, Knoblauchbrühe, gepfefferten Mostrich* und zahllose andere Tunken herbeizubringen, um der Alten Appetit zu machen. Diese jedoch, welcher die köstlichste Soße wie Ochsengalle schmeckte, zog wiederum

* Senf.

ihre Freundin am Ärmel, indem sie sie fragte: »Wie hast du es denn angefangen, Schwester, wie hast du es denn angefangen?« Worauf diese entgegnete: »Pst, wir haben ja mehr Zeit als Geld, drum iss nur jetzt, solange du was hast, nachher werden wir schon mehr reden.« Da der König wiederum fragte, was jene denn wolle, versetzte seine Braut, die sich durch diese Fragen so verwickelt sah, wie ein Küchlein im Weg* und sich gern von dem lästigen Dringen frei gemacht hätte, dass die Alte etwas Süßes zu essen wünsche, und alsbald schneiten von hier die Pastetchen, regnete von da das Zuckerwerk und strömten von dort die Bonbons herbei. Die Alte aber, welche nicht ruhen konnte und der es wie ein Mühlrad im Kopf herumging, fing immer wieder dasselbe Lied an, bis dass ihre verjüngte Freundin keinen andern Ausweg mehr wusste, und um sich jene vom Halse zu schaffen, zu ihr sprach: »Ich habe mir die Haut abziehen lassen, liebe Gevatterin«, worauf die neidische Alte vor sich hinmurmelte: »Nun ist's gut, und du sollst zu keinen tauben Ohren geredet haben; auch ich will mein Glück versuchen, denn ich bin nicht weniger als du, und wenn es mir gelingt, so sollst du nicht allein alles haben, sondern auch ich muss meinen Teil bis auf das kleinste Körnchen abbekommen.«

Indem sie nun dies so vor sich hin sprach und man unterdessen die Tafel aufhob, stellte sie sich, als müsste sie einmal hinausgehen, lief stracks nach einem Barbierladen und sagte zu dem Herrn desselben, während sie mit ihm in ein Hinterstübchen trat: »Hier habt ihr

* In einer Kuchenform. Denkbar sind etwa Muffins, aber auch Topfkuchen u. dgl. mehr.

50 Dukaten und ziehet mir einmal die Haut ab vom Kopf bis zu den Füßen«, worauf der Barbier, der sie für verrückt hielt, erwiderte: »Gehet nur, Gevatterin, ihr seid nicht recht gescheit und solltet eigentlich einen Wächter haben.« – »Du Tor«, versetzte die Alte, »der du dein Glück so von dir stößest; denn außer den 50 Dukaten, die ich dir gebe, sollst du auch, wenn mir eine gewisse Sache gelingt, wie ich es wünsche, der Fortuna* das Becken an das Kinn halten; darum ergreif dein Messer und verliere keine Zeit, denn dein Glück ist gemacht.« Nachdem der Barbier noch eine lange Zeit vergeblich widersprochen, protestiert und gestritten hatte, gab er endlich gleichsam der Gewalt nach und schickte sich an, ihrem törichten Verlangen zu willfahren; hierauf ließ er die alte Schachtel auf eine Bank niedersitzen und fing an, sie dermaßen zu schinden, dass sie über und über Blut rieselte und pisste, wobei sie jedoch mutig Stand hielt, als würde sie nur rasiert, und bloß von Zeit zu Zeit ausrief: »Au, au! Ohne Leiden keine Freuden!« – Indem nun jener auf diese Weise ihr das Fell immer weiter abzog, sie aber stets bei ihrem Ausruf beharrte, strich er die Bassgeige ihres Leibes herunter bis auf das Schallloch des Nabels; bei diesem jedoch ging ihr die Kraft aus und von hinten einen Abschiedsschuss abfeuernd, bewahrheitete sie auf ihre Unkosten den Vers des Sannazaro:**

»Der Neid mein Sohn, vernichtet sich selbst.«

* Glücksgöttin der griechischen Mythologie.

** Jacopo Sannazaro: Neapolitanischer Dichter der Renaissance. 1458–1530.

Herr Korbes

Brüder Grimm

Es waren einmal ein Hühnchen und Hähnchen, die wollten zusammen verreisen, da baute das Hähnchen einen schönen Wagen mit vier roten Rädern, und spannte vier Mäuschen davor, dann setzte sich das Hühnchen mit dem Hähnchen auf, und so fuhren sie fort. Da begegnete ihnen eine Katze, die sprach: »Wo wollt ihr hin?« Da antwortete das Hähnchen:

»Als hinaus
nach dem Herrn Korbes seinem Haus.«

Die Katze sprach: »Nehmt mich auch mit.« Das Hähnchen antwortete: »Recht gern, setz dich hinten auf, dass du vorne nicht herabfällst:

nehmt euch wohl in Acht,
dass ihr mir meine roten Räderchen nicht
schmutzig macht.
Ihr Räderchen schweift!
Ihr Mäuschen pfeift!
Als hinaus
nach des Herrn Korbes seinem Haus.«

So kam nach und nach ein Mühlstein, ein Ei, eine Ente, eine Stecknadel und eine Nähnadel, die setzten sich auch alle auf den Wagen; wie sie aber zu des Herrn Korbes seinem Haus kamen, war der Herr Korbes nicht da. Die Mäuschen fuhren den Wagen in die Remise*, das Hühnchen flog mit dem Hähnchen auf eine Stange, die Katze setzte sich ins Kamin, die Ente in die Bornstande,** die Stecknadel steckte sich ins Stuhlkissen, die Nähnadel ins Bett ins Kopfkissen, der Mühlstein legte sich über die Türe und das Ei wickelte sich in das Handtuch. Da kam der Herr Korbes nach Haus, ging ans Kamin und wollte Feuer anmachen, da warf ihn die Katze das ganze Gesicht voll Asche; er ging geschwind in die Küche und wollte sich abwaschen, wie er an die Bornstande kam, spritzte ihm die Ente Wasser ins Gesicht, als er sich abtrocknen wollte, rollte ihm das Ei aus dem Handtuch entgegen, ging entzwei und klebte ihm die Augen zu; er wollte sich ruhen und setzte sich auf den Stuhl, da stach ihn die Stecknadel, darüber wurde er ganz verdrießlich und ging ins Bett und wie er den Kopf aufs Kissen niederlegte, da stach ihn die Nähnadel; da war er so bös und toll, dass er zum Haus hinaus laufen wollte, wie er aber an die Türe kam, sprang der Mühlstein herunter und schlug ihn tot.

* Wirtschaftsgebäude mit Unterstand.

** Hessisch: Fass, in welches Brunnenwasser gegossen wird.

Der Räuberbräutigam

Brüder Grimm

Es war einmal ein Müller, der hatte eine schöne Tochter, und als sie herangewachsen war, so wünschte er, sie wäre versorgt und gut verheiratet; er dachte: »Kommt ein ordentlicher Freier und hält um sie an, so will ich sie ihm geben.« Nicht lange, so kam ein Freier, der schien sehr reich zu sein, und da der Müller nichts an ihm auszusetzen wusste, so versprach er ihm seine Tochter. Das Mädchen aber hatte ihn nicht so recht lieb, wie eine Braut ihren Bräutigam lieb haben soll, und hatte kein Vertrauen zu ihm: Sooft sie ihn ansah oder an ihn dachte, fühlte sie ein Grauen in ihrem Herzen. Einmal sprach er zu ihr: »Du bist meine Braut und besuchst mich nicht einmal.« Das Mädchen antwortete: »Ich weiß nicht, wo Euer Haus ist.« Da sprach der Bräutigam: »Mein Haus ist draußen im dunkeln Wald.« Es suchte Ausreden und meinte, es könnte den Weg dahin nicht finden. Der Bräutigam sagte: »Künftigen Sonntag musst du hinaus zu mir kommen, ich habe die Gäste schon eingeladen und damit du den Weg durch den Wald findest, so will ich dir Asche streuen.« Als der Sonntag kam und das Mädchen sich auf den Weg machen sollte, ward ihm so Angst, es wusste selbst nicht recht, warum, und damit es den Weg bezeichnen könnte, steckte es sich beide Taschen voll

Erbsen und Linsen. An dem Eingang des Waldes war Asche gestreut, der ging es nach, warf aber bei jedem Schritt rechts und links ein paar Erbsen auf die Erde. Es ging fast den ganzen Tag, bis es mitten in den Wald kam, wo er am dunkelsten war, da stand ein einsames Haus, das gefiel ihm nicht, denn es sah so finster und unheimlich aus. Es trat hinein, aber es war niemand darin und herrschte die größte Stille. Plötzlich rief eine Stimme:

»Kehr um, kehr um, du junge Braut,
du bist in einem Mörderhaus.«

Das Mädchen blickte auf und sah, dass die Stimme von einem Vogel kam, der da in einem Bauer* an der Wand hing. Nochmals rief er:

»Kehr um, kehr um, du junge Braut,
du bist in einem Mörderhaus.«

Da ging die schöne Braut weiter aus einer Stube in die andere und ging durch das ganze Haus, aber es war alles leer und keine Menschenseele zu finden. Endlich kam sie auch in den Keller, da saß eine steinalte Frau, die wackelte mit dem Kopfe. »Könnt Ihr mir nicht sagen«, sprach das Mädchen, »ob mein Bräutigam hier wohnt?« »Ach, du armes Kind«, antwortete die Alte, »wo bist du hingeraten! Du bist in einer Mördergrube.

* Kleiner Käfig.

Du meinst, du wärst eine Braut, die bald Hochzeit macht, aber du wirst die Hochzeit mit dem Tode halten. Siehst du, da hab ich einen großen Kessel mit Wasser aufsetzen müssen, wenn sie dich in ihrer Gewalt haben, so zerhacken sie dich ohne Barmherzigkeit, kochen dich und essen dich, denn es sind Menschenfresser. Wenn ich nicht Mitleid mit dir habe und dich rette, so bist du verloren.«

Darauf führte es die Alte hinter ein großes Fass, wo man es nicht sehen konnte. »Sei wie ein Mäuschen still«, sagte sie, »rege dich nicht und bewege dich nicht, sonst ist's um dich geschehen. Nachts, wenn die Räuber schlafen, wollen wir entfliehen, ich habe schon lange auf eine Gelegenheit gewartet.« Kaum war das geschehen, so kam die gottlose Rotte nach Haus. Sie brachten eine andere Jungfrau mitgeschleppt, waren trunken und hörten nicht auf ihr Schreien und Jammern. Sie gaben ihr Wein zu trinken, drei Gläser voll, ein Glas weißen, ein Glas roten und ein Glas gelben, davon zersprang ihr das Herz. Darauf rissen sie ihr die feinen Kleider ab, legten sie auf einen Tisch, zerhackten ihren schönen Leib in Stücke und streuten Salz darüber. Die arme Braut hinter dem Fass zitterte und bebte, denn sie sah wohl, was für ein Schicksal ihr die Räuber zugedacht hatten. Einer von ihnen bemerkte an dem kleinen Finger der Gemordeten einen goldenen Ring und als er sich nicht gleich abziehen ließ, so nahm er ein Beil und hackte den Finger ab: aber der Finger sprang in die Höhe über das Fass hinweg und fiel der Braut gerade in den Schoß. Der Räuber nahm ein Licht und wollte ihn suchen, konnte ihn aber nicht finden. Da sprach ein anderer: »Hast du auch schon hinter dem großen Fasse gesucht?« Aber die Alte rief: »Kommt und esst und lasst das Suchen bis morgen: Der Finger läuft euch nicht fort.«

Da sprachen die Räuber: »Die Alte hat recht«, ließen vom Suchen ab, setzten sich zum Essen und die Alte tröpfelte ihnen einen Schlaftrunk in den Wein, dass sie sich bald in den Keller hinlegten, schliefen und schnarchten. Als die Braut das hörte, kam sie hinter dem Fass hervor, und musste über die Schlafenden hinwegschreiten, die da reihenweise auf der Erde lagen, und hatte große Angst, sie möchte einen aufwecken. Aber Gott half ihr, dass sie glücklich durchkam, die Alte stieg mit ihr hinauf, öffnete die Türe, und sie eilten, so schnell sie konnten, aus der Mördergrube fort. Die gestreute Asche hatte der Wind weggeweht, aber die Erbsen und Linsen hatten gekeimt und waren aufgegangen und zeigten im Mondschein den Weg. Sie gingen die ganze Nacht, bis sie morgens in der Mühle ankamen. Da erzählte das Mädchen seinem Vater alles, wie es sich zugetragen hatte.

Als der Tag kam, wo die Hochzeit sollte gehalten werden, erschien der Bräutigam, der Müller aber hatte alle seine Verwandte und Bekannte einladen lassen. Wie sie bei Tische saßen, ward einem jeden aufgegeben, etwas zu erzählen. Die Braut saß still und redete nichts. Da sprach der Bräutigam zur Braut: »Nun, mein Herz, weißt du nichts? Erzähl uns auch etwas.« Sie antwortete: »So will ich einen Traum erzählen. Ich ging allein durch einen Wald und kam endlich zu einem Haus, da war keine Menschenseele darin, aber an der Wand war ein Vogel in einem Bauer, der rief:

›Kehr um, kehr um, du junge Braut,
du bist in einem Mörderhaus.‹

Und rief es noch einmal. Mein Schatz, das träumte mir nur. Da ging ich durch alle Stuben, und alle waren leer, und es war so unheimlich darin; ich stieg endlich hinab in den Keller, da saß eine steinalte Frau darin, die wackelte mit dem Kopfe. Ich fragte sie: ›Wohnt mein Bräutigam in diesem Haus?‹ Sie antwortete: ›Ach, du armes Kind, du bist in eine Mördergrube geraten, dein Bräutigam wohnt hier, aber er will dich zerhacken und töten, und will dich dann kochen und essen.‹ Mein Schatz, das träumte mir nur. Aber die alte Frau versteckte mich hinter ein großes Fass und kaum war ich da verborgen, so kamen die Räuber heim und schleppten eine Jungfrau mit sich, der gaben sie dreierlei Wein zu trinken, weißen, roten und gelben, davon zersprang ihr das Herz. Mein Schatz, das träumte mir nur. Darauf zogen sie ihr die feinen Kleider ab, zerhackten ihren schönen Leib auf einem Tisch in Stücke und bestreuten ihn mit Salz. Mein Schatz, das träumte mir nur. Und einer von den Räubern sah, dass an dem Goldfinger noch ein Ring steckte, und weil er schwer abzuziehen war, so nahm er ein Beil und hieb ihn ab, aber der Finger sprang in die Höhe und sprang hinter das große Fass und fiel mir in den Schoß. Und da ist der Finger mit dem Ring.« Bei diesen Worten zog sie ihn hervor und zeigte ihn den Anwesenden.

Der Räuber, der bei der Erzählung ganz kreideweiß geworden war, sprang auf und wollte entfliehen, aber die Gäste hielten ihn fest und überlieferten ihn den Gerichten. Da ward er und seine ganze Bande für ihre Schandtaten gerichtet.

Märchen von der Unke

Brüder Grimm

Es war einmal ein kleines Kind, dem gab seine Mutter jeden Nachmittag ein Schüsselchen mit Milch und Weckbrocken, und das Kind setzte sich damit hinaus in den Hof. Wenn es aber anfing zu essen, so kam die Hausunke* aus einer Mauerritze hervorgekrochen, senkte ihr Köpfchen in die Milch und aß mit. Das Kind hatte seine Freude daran, und wenn es mit seinem Schüsselchen da saß und die Unke kam nicht gleich herbei, so rief es ihr zu:

»Unke, Unke komm geschwind,
komm herbei, du kleines Ding,
sollst dein Bröckchen haben,
an der Milch dich laben.«

Da kam die Unke gelaufen und ließ es sich gut schmecken. Sie zeigte sich auch dankbar, denn sie brachte dem Kind aus ihrem heimlichen Schatz allerlei schöne Dinge, glänzende Steine, Perlen und goldene Spielsachen. Die Unkte trank aber nur Milch und ließ die Brocken liegen. Da nahm das Kind einmal sein Löffelchen, schlug ihr damit sanft auf den Kopf und sagte:

* Froschlurch.

»Ding, iss auch Brocken.« Die Mutter, die in der Küche stand, hörte, dass das Kind mit jemandem sprach, und als sie sah, dass es mit seinem Löffelchen nach einer Unke schlug, so lief sie mit einem Scheit Holz heraus und tötete das gute Tier.

Von der Zeit an ging einer Veränderung mit dem Kinde vor. Es war, solange die Unke mit ihm gegessen hatte, groß und stark geworden, jetzt aber verlor es seine schönen roten Backen und magerte ab. Nicht lange, so fing in der Nacht der Totenvogel an, zu schreien, und das Rotkehlchen sammelte Zweiglein und Blätter zu einem Totenkranz, und bald hernach lag das Kind auf der Bahre.

Fürchten lernen*

Johann Wilhelm Wolf

In einem Dorf war ein Mann, der war nur ein Bauer, aber Geld hatte er genug und einen einzigen Buben dazu. Auf den hielt er große Stücke und dachte, er wolle ihn was Rechtes lernen lassen für sein Geld, damit er einen gelehrten Sohn an ihm bekäme. Also ging er zum Schulmeister und ward einig mit ihm über das Lehrgeld, dass der Peter außer der gewöhnlichen Schule noch alle Tage seine Extrastunden haben und selber auf den Schulmeister studieren sollte.

Von Stund an saß der Junge vom frühen Morgen bis in die Nacht hinein in dem Schulhaus und alle Samstag bekam er ein Zeugnis mit nach Hause, wie viel er's schon weiter gebracht hätte, also dass der Alte ganz zufrieden damit war. Auf einen Abend aber schickte ihn der Bauer noch hinaus auf den Acker, ein Bündel Klee holen, das aus Versehen war liegen geblieben. Als nun der Junge draußen das Bündel aufheben wollte, war es ihm zu schwer und sah er sich um, ob Keiner da wäre, der ihm dazu helfen wollte. Mit einem Male stand ein dunkler Mann neben ihm, hob ihm das Bündel auf den Kopf und frug dabei – es war schon recht dunkel – ob er sich denn nicht fürchte, so allein auf dem Feld? »Fürch-

* (Von einem, der auszog, das Fürchten zu lernen)

ten?« – der Peter hatte noch nichts davon gehört und wusste nicht was es heißen sollte, also gab er dem Mann keine Antwort und ging ruhig heim. Bei dem Alten aber erzählte er die Geschichte und frug ihn, was denn der Mann wohl damit habe sagen wollen? »Weißt du denn nicht, was Fürchten ist?«, sprach der Bauer. »Nein«, sagte der Peter, da schlug der Alte die Hände über dem Kopf zusammen und rief: »Der Schulmeister muss mir mein Geld wiedergeben! Schon ein Jahr geht der Bube zu ihm und weiß noch nicht was Fürchten ist!«

Des andern Morgens in aller Früh kam er mit seinem Peter an der Hand ins Schulhaus und »Wenn ihr ihn bis morgen nicht gelehrt habt was Fürchten heißt«, sprach er zum Schulmeister, »so müsst ihr mir mein Geld wiedergeben!« »Gebt euch zufrieden«, sprach der Lehrer, »bis morgen früh soll er's aus dem Fundament verstehen.«

Da es nun gegen die Nacht ging, führte er den Peter in die Kirche und schloss das große Tor hinter ihm zu. Da drinnen konnte einer das Fürchten freilich lernen wenn er gesund wieder davon kam, denn es war von alters her nicht richtig in der Kirche. Der Peter nun stieg wohlgemut auf die Emporbühne, legte sein Wamms unter den Kopf und fing an zu schlafen – aber nicht lange; denn auf einmal fing es in der alten Kirche zu krachen, zu tappen und zu rumpeln an, als wenn alle Kirchenstühle wären lebendig geworden, dann stiegen drei schwarze Männer hinter dem Altar hervor und kamen hinauf auf die Emporbühne zum Peter. Der Junge hob sich auf dem Ellenbogen in die Höh und war neugierig, was die drei Kerls denn eigentlich wollten – da stellten sie ein Kegelspiel hin, fingen an zu schieben, und einer rief: »Junger Knabe setz uns die Kegel auf!«

»Meinetwegen!«, sprach der Peter, stand auf und tat wie ihm geheißen, als aber die dreie ihre Kugeln alle hinuntergeschoben hatten, rief er: »Wer aufsetzt, darf auch kegeln, jetzt bin ich an der Reihe!« Dabei nahm er die Kugeln und warf eine nach der andern hinauf, den Männern zwischen die Beine, dann erwischte er die Kegel und fing an, sie den Geistern auf die Köpfe zu schleudern, zuerst den König, dann die andern. Sie warteten aber den neunten nicht ab, sondern machten sich aus dem Staub und nun konnte der Peter ruhig weiter schlafen, bis der helle Morgen zum Kirchenfenster hereinschien.

Da kam denn auch der Schulmeister um den Tag anzuläuten und war ganz begierig, nachzusehen, ob denn dem Jungen das Genick nicht abgedreht sei. Der Peter aber gähnte ihn recht faul und verdrießlich an und als ihn der Lehrer frug, ob er jetzt wisse was es mit dem Fürchten zu bedeuten habe? »Nein«, sprach der Bube »es waren so ein paar schwarze Kerls da und haben mich geheißen die Kegel aufsetzen, aber von dem Fürchten hat keiner was zu mir gesprochen.« Da hieß ihn der Schulmeister einen vernagelten Dummkopf, tröstete aber den alten Bauern, als der hinzukam, er solle sich nur zufrieden geben und es abwarten bis zum andern Tag, er wollte es noch weiter versuchen mit dem Jungen.

Sobald es dunkel ward, musste mein Peter wieder allein in der Kirche bleiben. »Diesmal sollen sie mich in Frieden lassen«, sprach er und stieg hinauf, ganz oben auf die Orgel, damit er seine ordentliche Nachtruhe hätte. Es hatte aber kaum elf Uhr auf dem Turm geschlagen, so ging das Getöse wieder los, nur diesmal viel ärger als in der vorigen Nacht, und auf einmal kam eine pechschwarze Dame mit einem großen feuerfarbenen Umhängetuch hinter dem Altar vor und ließ sich auf die Knie fallen, gleich als ob sie eifrig beten wollte. »Zu unserm Herrgott betet die gewiss nicht«, sprach zu sich selber der Peter, »aber das goldige Umhängetuch sollte meiner Schwester auch nicht schlecht stehen, wenn sie Sonntags darin spazieren ginge.« Wie er nun trotz seiner Bequemlichkeit doch eigentlich ein naseweiser Bursch war, kletterte er leise von seiner Orgel herab und schlich sich von hinten herbei an das kniende Weibsbild, riss ihr auch in einem Nu das Tuch von den Schultern herab und sprang wie ein Eichhorn wieder hinauf auf sein Plätzchen. Gar jämmerlich bat ihn da die Dame, er solle ihr doch das Tuch wieder herabwerfen, sie hätte ja kein anderes mehr, aber hinauf konnte sie nicht und dort unten redete sie dem Peter lange gut. Er legte sich wieder ruhig aufs Ohr bis zum anderen Morgen, und als der Alte mit dem Lehrer hineinkam hatten sie wohl Mühe ihn droben zu finden und aufzuwecken, aber im Fürchten hatte er es noch um kein Haar breit weiter gebracht. Diesmal war der Schulmeister fuchswild und sprach es sei an dem Bengel Hopfen und Malz verloren; aber zum dritten Male sollte es denn doch noch mit dem dummen Peter probiert werden.

In der dritten Nacht war es dem Jungen doch nicht so ganz einerlei und es kam ihm beinahe vor, als wenn er doch vielleicht etwas von dem Fürchten lernen könnte. »Ich will mich in des Herrn Pfarrers Stuhl setzen«, sprach er, »dadrinnen bin ich sicher, wenn mich das Weibsbild auf der Orgel sucht.« Gesagt, getan; er schlief auch bald wieder ein, aber da tat es auf einmal einen Schlag, dass alle Fenster zitterten und ein gelber Schein fuhr von oben herunter. »Man meint, der Teufel wolle selber kommen und Kirche halten«, dachte der Peter und so war es auch ungefähr, denn der Teufel fuhr herab in leibhaftiger Gestalt und setzte sich dicht neben den Peter, in den Stuhl bei dem Pfarrsitz. Der Junge war so still wie eine Maus, der Böse aber langte in seinen Rucksack, brachte einen Pack Papier heraus und fing an, darin herumzublättern. Das waren lauter Handschriften von vornehmen und geringen Leuten, die sich dem Teufel sündhaft verschrieben hatten. Wie er nun so damit hantierte und sie nachzählte, ließ er aus Versehen ein paar davon auf den Boden fallen. Das merkte sich der Peter; eh es der Schwarze gewahr wurde, hatte er sie aufgerafft und eingesteckt und der Böse fuhr wieder hinaus, ohne ihn gesehen zu haben. Als aber am Morgen der Schulmeister kam, erzählte er ihm alles: Die Papiere da hätte er sich aufgelesen, und des Herrn Schulmeisters Name stehe ja auch darauf.

Da riss ihm der Lehrer in großem Zorne die Handschrift weg und sprach zu dem alten Bauern: Er wolle ihm das Lehrgeld für seinen ungeratenen Sohn wiedergeben, für den Jungen wisse er ihm aber keinen andern Rat mehr, als dass er ihn fortschickte in die weite Welt, denn alle Mühe und Weisheit sei an ihm verloren, wenn ihm nicht in der Fremde ein Licht im Kopf aufginge. Also gab der Alte dem Buben zweihundert Gulden und hieß ihn nicht eher wiederkommen, als bis er ein gescheiter Mann wäre.

Der Peter verwunderte sich selber, dass ein Mensch so dumm sein könnte wie er, war deshalb alles zufrieden, nahm sein Geld und ging. Als er über drei Feldwege gegangen war, kam ihm ein Junge mit einer Herde Schweine entgegengefahren. »Geh mit mir in die Welt«, sprach der Peter, »was brauchst du die Schweine zu hüten, ich habe so viel Geld, dass es gar nicht all werden kann!« Der junge Schweinehirt sagte zwar anfangs, er müsse heim zu seinem Brotherrn, ließ sich aber bald überreden und ging mit.

So marschierten denn die Zweie einträchtiglich in die Welt hinein, bis es Abend wurde und sie Hunger bekamen. Da war ringsum nichts mehr als Wald und Wald! Endlich kamen sie an ein Schloss, und weil die Tür offen stand, gingen sie auch hinein und betrachteten sich alles. Keine lebendige Seele war darin zu finden, nur in dem Hofe lief Geflügel von jeder Art herum: Gänse, Hinkel und welsche Hühner. Mein Peter, nicht faul, hob Steine auf und warf ein paar Stück von dem Federvieh tot. »Nun haben wir zu essen«, sprach er, ging mit dem Schweinehirten in die Schlossküche und machte sich ein Feuer an. Dann stellten sie einen

Kessel bei, rupften das Geflügel und fingen an, es zu kochen.

Wie es aber in dem Kessel kochte, dass es ein Vergnügen war, kam der Schlossherr nach Haus und das war niemand anderes als der Teufel selber. Schon in dem Hofe fing er an zu riechen und zu schnuffeln, und als der Peter gerade mit der Gabel in den Kessel fuhr, um sich etwas herauszulangen, stand mit einemmale der Schwarze dabei und sprach: »Da will ich mitessen.«

»Geh erst hinaus und werf dir was von dem Federvieh tot, sonst kannst du's nicht kochen«, sprach der Peter, »und wenn du nichts zu kochen hast, hast du nichts zu essen, denn wenn du was von mir kriegst, will ich mein Leben lang ein dummer Kerl bleiben.« Also machte sich der Teufel wieder hinunter in den Hof und fing an zu werfen aus Leibeskräften, weil er großen Hunger hatte, kam aber bald wieder hinauf und sprach: »Ich kann nichts treffen.« »Das kommt von deinen dicken Klauen«, sagte der Junge, »aber geh hin und hol mir den Schraubstock dort, ich will dir aus Gefälligkeit die Nägel schneiden.« Da hatte der dumme Teufel nichts Eiligeres zu tun, als wirklich den Schraubstock herzubringen und seine schwarzen Pfoten hineinzulegen. »Halt still«, sprach der Peter, drehte zu mit allen Kräften und der Böse war gefangen, die beiden Jungen aber griffen nach ihren Stecken und prügelten auf ihn hinein, wie auf einen störrigen Esel. »Lasst mich heraus!«, schrie der Böse, »so will ich euch geben was ihr nur haben wollt!« Lange half ihm kein Heulen und kein Schreien, endlich sprach der Peter, er wolle ihn loslassen, wenn er ihm die Verschreibung geben wolle über das ganze Schloss, dass es sein eigen wäre mit allem, was er drin fände. Der Böse war es zufrieden und gleich lag auch schon die Handschrift auf dem Tisch. Da wollte der Schweinehirt den Schraubstock aufdrehen, aber »Halt!«, rief der Peter, »ich will erst sehen, ob es seine Richtigkeit hat; ich kann Geschriebenes lesen und bin nicht umsonst beim Schulmeister in der Lehre gewesen.« Also las er die Verschreibung nach und fand, dass der Böse ihn hatte betrügen wollen, denn die Handschrift lautete nur auf die Scheuer und den Seitenbau, nicht aber auf das ganze Schloss. »So gescheit wie du sind wir auch noch«, sprach der Peter, »aber die Schläge sind noch nicht all«, und damit fingen sie von neuem zu prügeln an, sodass nur der Teufel es bei lebendigem Leibe abhalten konnte und ließen nicht eher nach, bis er ihnen die richtigen Verschreibungen herausgegeben hatte, über das ganze Schloss und alle Äcker, die dabei lagen und den Wald der dazu gehörte. Als sie alle Papiere richtig hatten, sagte der Peter: »Dafür sollst du herauskommen, aber nicht gleich, sondern morgen bei lichtem Tag, wenn du keine Gewalt über uns hast; wir wollen einstweilen die Zimmer nachsehen, ob alles richtig ist.« Somit gingen sie im ganzen Schloss mit Licht herum und mit dem Schlüsselbund, den ihnen der Böse auch hatte geben müssen und schlossen an allen Zimmern die Türen auf. Als sie aber in das letzte Gemach kamen, traten ihnen drei kohlschwarze Damen entgegen, erzählten ihnen, sie seien drei Prinzessinnen die der Teufel also hierher verwünscht hätte, und da sie hörten, wie alles zugegangen, baten sie gar sehr die beiden Jungen, sie möchten doch dem Bösen noch ein wenig besser zusetzen, auf dass er sie wieder weiß machen müsste, wie sie zuvor gewesen. Das ließ sich der Peter nicht zweimal sagen und die letzten Schläge wurden die besten. Je mehr aber der Böse schrie und jammerte, desto mehr verlor sich an den Damen die schwarze Farbe vom Leib und von dem Angesicht und bald standen statt der drei schwarzen Weibsleute drei wunderschöne, strahlende Prinzessinnen da. Sie bedankten sich gar sehr bei den Beiden, baten sie aber, den Teufel jetzt loszulassen, weil es schon heller Morgen war. Der Peter hatte den Schraubstock aber noch nicht halb aufgedreht, so riss sich der Böse schon heraus, ließ die Haut und die Nägel von den Krallen darin hängen und fuhr hinaus in seinen Wald. Denn so dumm er war, hatte er den Peter doch angeführt und hatte sich die Verschreibung über ein kleines Stück von dem Walde zurückbehalten.

Der Peter und der Schweinehirt wurden nun bald einig mit den drei Prinzessinnen, also dass sie die beiden ältesten heirateten und die dritte als Magd im Schlosse blieb. So lebten sie miteinander in Lust und Vergnügen, aßen und tranken gut und gingen zur Unterhaltung auf die Jagd. Eines Tages aber begab es sich, dass der Peter einen Hasen angeschossen hatte und mit dem Schweinehirten eifrig hinter drein lief, bis in das Stück Wald hinein, das der Teufel noch in seiner Gewalt hatte. Das kam dem Bösen recht! Er hatte schon lange dagesessen und gewartet. Nun kam er mit großen Schritten herangegangen und frug den Peter: »Was machst du hier in meinem Walde?« Da stellte der Peter seinen Kameraden den Schweinehirten auf den Kopf, fasste seine Beine mit den Händen und klappte sie auf und zu wie einen Schraubstock: »Willst du wieder hinein?« Da entsetzte sich der Teufel so sehr, dass er fortlief, so schnell er konnte und ist nimmer wieder gekommen.

Rapunzel

Marie-Cathérine d'Aulnoy

Zwei junge Liebesleute waren endlich Mann und Frau geworden, nachdem sie viel von ihren Muhmen* und Vettern über ihre Liebe auszustehen gehabt hatten. Sie waren sehr vergnügt, und lebten wie Kinder miteinander. Noch vergnügter wurden sie, als es sich zeigte, dass die junge Frau etwas unter ihrem Herzen trüge. Sie hatte sich immer einen kleinen Erben gewünscht und nun, dachte, sie würde er wohl nicht mehr ausbleiben.

Nicht weit von ihnen wohnte eine Fee, deren ganzes Herz an einem schönen Garten und an schönen Blumen, Stauden und Pflanzen hing. Sie pflanze sich einen und man sah wunderseltene Dinge darin, unter andern auch Rapunzeln, die damals noch sehr rar waren. Die Fee hatte sie über der See herkommen lassen und im ganzen Lande waren außer ihrem Garten keine zu finden.

Nun bekam die junge Frau großen Appetit, Rapunzeln zu essen; und da sie wohl wusste, dass es schwer hielte, welche zu bekommen, weil niemand in den Garten durfte, so grämte sie sich darüber, und fiel so ab, dass sie ihr eigener Mann kaum noch kennen konnte.

* Altdeutsch: Tante oder Base.

Er fragte sie eines Fragens, warum sie sich denn so grämte? Und nachdem sie lange hinter dem Berge gehalten hatte, gestand sie ihm, dass sie gern einen Rapunzelsalat essen möchte. Ihr Mann seufzte sehr und es tat ihm leid, dass sie einen Appetit hatte, der so schwer zu stillen war; da er sie aber sehr lieb hatte und die Liebe alles überwindet, so ging er Tag und Nacht um den Garten der Fee herum und suchte über die Mauern zu steigen, aber sie waren so hoch, dass es nicht ging.

Endlich sah er einmal des Abends die Gartentür offen. Er schlich sich leise hinein und war so glücklich, dass er eine Handvoll Rapunzeln ausstechen konnte, ohne dass man ihn kriegte; er lief hurtig weg und brachte sie seiner Frau, die sich einen Salat davon machte, und ihn ganz heißhungrig aufaß. Er hatte ihr so gut geschmeckt, dass den andern Tag ihr Appetit noch dreimal stärker danach war. Aber damals schmeckten die Rapunzeln auch noch herrlich.

Ihr armer Mann ging wieder nach dem Garten, aber zwei Tage hintereinander richtete er nichts aus. Seine Frau zehrte sich wieder ab. Endlich fand er den Garten wieder offen, und ging hinein. Aber ehe er sichs versah, stand die Fee vor ihm, und fragte ihn, was er sich unterstünde, in den Garten zu kommen? Er wüsste doch, dass niemand herein dürfte. Er war sehr erschrocken und tat einen Fußfall vor ihr. Sie sollte ihm nur diesmal nichts tun, sagte er, er könne nichts dafür, dass er hier sei. Aber seine Frau hätte sterben wollen, wenn sie nicht ein Händchen voll Rapunzeln zu essen kriegte. Sie wäre schwanger und da wüsste sie wohl selbst –

»Gut«, sagte die Fee lächeln und gnädig: »Ihr sollt so viel Rapunzeln haben, als ihr wollt, wenn ihr mir das Kind gebt, was mit eure Frau niederkommen wird.«

Der Mann bedachte sich ein Weilchen und dann sagte er ihr zu. Nun konnte er so viele Rapunzeln nehmen, als er wollte. Seine Frau hatte ihn dafür lieber, als vorher.

Als sie in die Wochen kam, erschien die Fee vor dem Kinderbette. Es war ein Mädchen und sie hieß Rapunzel. Sie wickelte sie in Silber- und Goldstoff, sie sprengte sie mit einem kostbaren Wasser ein, das sie in ihrem Büchschen hatte, und nun wurde sie das schönste Kind unter der Sonne. Sie nahm sie mit nach Hause und ließ sie sehr sorgfältig erziehen und sie war ein ordentliches Wunder, noch ehe sie zwölf Jahre alt wurde. Da aber die Fee wusste, dass ein unglücklicher Stern bei ihrer Geburt geschienen hatte, so beschloss sie, alles anzuwenden, dass sie davon sicher wäre.

Sie zauberte einen hohen silbernen Turm mitten in einem Walde aus der Erde, der keine Tür hatte, wo man hineingehen konnte, aber dafür ein einziges kleines Fenster ganz oben. Aber doch waren die Zimmer darin so hell, als ob die Sonne hinein geschienen hätte, denn es waren große Karfunkel* darin angebracht, die alles erleuchteten. Die junge Rapunzel fand alles darin, was dazu gehört, wenn man herrlich und in Frieden leben will. Lauter prächtige Sachen! Sie durfte nur ihre Kasten oder Kommoden aufmachen, so hatte sie Ringe,

* Edelsteine.

Diamanten und Perlen, und ihre Kleiderschränke waren so reichlich besetzt, dass sich die Kaiserin von Russland nicht geschämt hätte, sich daraus anzuziehen. Alles war nach der neuesten Mode. Sie war ganz allein hier und darum fehlte es ihr an Gesellschaft. Hätte sie die noch gehabt, so wäre ihr gar nichts abgegangen. Zu essen hatte sie Gesottenes und Gebratenes, Marzipan und Mandeln und Zuckerplätzchen; das schmeckte sehr gut, und sie aß es auch gerne.

Da sie niemand kannte, als die Fee, so wünschte sie auch, niemand sonst zu kennen, und sie vertrieb sich die Zeit recht gut. Sie las, malte, spielte, stickte und strickte, kurz, sie tat alles, was eine wohlerzogene Tochter zu tun pflegt.

Die Aussicht aus ihrem Fenster von oben war prächtig: Denn auf der einen Seite sah man die offenbare See, und auf der andern den dicken schwarzen Wald, und beides sah sehr schön aus. Rapunzel hatte eine herrliche Stimme und sie sang gerne, besonders wenn sie wusste, dass die Fee kommen würde. Diese kam recht oft, und wenn sie unten am Turme stand, sagte sie immer: »Rapunzel, lass deine Haare 'runter. dass ich 'rauf kann.«

Die Haare gingen bei Rapunzeln über alle ihre Schönheiten. Sie waren dreißig Ellen lang und wurden ihr nicht sauer zu tragen. Sie waren blond, wie das feinste Gold, waren in Flechten geflochten, und mit schönen Bändern eingebunden. Wenn sie nun die Fee hörte, so wickelte sie die Zöpfe erst um einen Fensterhaken, und ließ sie hinunter, damit sie herauf konnte.

Als Rapunzel einmal allein war, und an ihrem Fenster stand, fing sie wunderschön an zu singen. Ein junger Prinz war gerade auf der Jagd und als er es hörte, kam er auf den Zehen näher und sah die schöne Rapunzel. Sie kam ihm so schön vor, wie ein Engel, und er verliebte sich in sie. Er ging wohl zehnmal um den Turm herum, da er aber keine Tür darin fand, so grämte er sich, und hätte sterben mögen.

Aber Rapunzel war auch ganz von sich, als sie solch einen schönen jungen Mann sah. Sie betrachtete ihn eine lange Weile und wunderte sich sehr: Aber auf einmal lief sie von dem Fenster weg, schlug es zu, und dachte, es wäre etwa ein Ungetüm; denn sie hatte sich erzählen lassen, dass es welche gäbe, die mit den Augen töten könnten, und sie hatte gefunden, dass es ihr bei seinen Blicken nicht wohl geworden war.

Der Prinz wollte vergehen, als er sie so auf einmal verschwinden sah. Er erkundigte sich bei der nächsten Köhlerhütte, wie es denn mit dem Turme wäre? Und man sagte ihm, dass ihn eine Fee hätte bauen lassen, und dass sie ein schönes junges Mädchen darin eingesperrt hätte. Das machte ihn noch neugieriger und er kam alle Tage und schlich um den Turm herum. Einmal sah er die Fee davor und hörte, dass sie sagte: »Rapunzel, lass deine Haare 'runter. dass ich 'rauf kann.« Sogleich bemerkte er, dass das schöne Mädchen ihre langen Flechten herunter ließ, und dass die Fee daran hinauf stieg. Er wunderte sich über die besondere Art, die Leute zu besuchen, schrieb es sich aber hinter das Ohr.

Den andern Tag, als er glaubte, dass die Stunde vorbei sei, wo die Fee zu kommen pflegte, wartete er mit Ungeduld auf den Anbruch der Nacht; und als sie kam, ging er unter das Fenster, machte die Stimme der Fee nach und sagte durch die Fistel: »Rapunzel, lass deine Haare 'runter, dass ich 'rauf kann.«

Die arme Rapunzel vermutete nichts Arges, kam an das Fenster und ließ ihre Flechten los. Der Prinz stieg daran hinauf, und als er oben war und im Fenster stand, dachte er, er müsste wieder herunterfallen, so schön war Rapunzel; aber er fasste sich ein Herz, was ihm als Prinz nicht schwer wurde, sprang in das Zimmer, fiel Rapunzeln zu Füßen, schlug die Arme um ihre Knie, und sagte ihr damit Dinge, die sie glauben konnte. Aber sie fürchtete sich doch und schrie ganz erbärmlich, hörte auch nicht eher auf, als bis sie so verliebt in den Prinzen war, als er in sie, und da wurde sie stille. Er sagte ihr sehr viele schöne Sachen und sie war bloß bestürzt und antwortete nicht. Das machte ihm gute Hoffnung und endlich ward er so dreist, dass er Heiratens vorgab, und sie gleich nehmen wollte. Sie sagte ja, ohne zu wissen, wozu, es geschah, ohne zu wissen, wie, und es war ihr wohl und weh, ohne zu wissen, wo. Das war recht artig!

Der Prinz war seelenvergnügt. Rapunzel gewöhnte sich auch daran, ihn lieb zu haben, und sie sahen sich alle Tage. Aber es dauerte nicht lange, so passte ihr kein Kleid mehr. Der Prinz merkte, dass nichts Gutes heraus kommen würde, wollte ihr aber nichts sagen, damit sie sich nicht grämte. Aber als die Fee wieder kam und Rapunzel ihr klagte, dass ihr alle Kleider zu enge würden, gingen dieser die Augen auf, und sie sagte: »Du Unglückskind, du hast einen großen Fehler gemacht, dafür musst du bestraft werden. Dem Schicksal kann man nicht entgehen, und mit aller meiner Vorsicht ist es nichts gewesen.« Darauf befahl sie ihr mit gerunzelter Stirne, alles zu gestehen, und die arme Rapunzel tat es, und schluchzte erbärmlich dabei.

Die Fee blieb unbeweglich, und Rapunzel erzählte ihr doch so herzrührende Dinge, wie sie geliebt hätte und wie sie geliebt würde. Sie rief beständig: »Desto schlimmer!«, schlug endlich ihre Flechten um ihre Hand, schnitt sie ritsch herunter, machte sie an dem Fenster fest, ließ Rapunzeln voran steigen und stieg hinterdrein herunter. Als sie unten waren, wickelte sie sich mit ihr in eine Wolke und diese flog ihnen an die Ufer der See, wo sie sie in einer einsamen aber schönen Gegend niedersetzte. Es waren da Wiesen, Gehölze, klare Springe und Bäche und eine kleine Hütte von Immergrün, darin war eine Streu von dürrem Laub, und daneben stand ein Korb mit ganz besonderem Zwieback, der nicht alle wurde. Hier ließ die Fee die arme Rapunzel allein, schalt sie noch einmal recht aus, und dies tat ihr weher, als alles andere, was ihr zugestoßen war.

Hier kam sie mit einem kleinen Prinzen und einer kleinen Prinzessin nieder und hier stillte sie die beiden Würmchen und weinte oft, dass ihr Vater nicht da war.

Aber die Fee hatte nicht genug daran, dass sie die Mutter bestraft hatte, der Vater sollte auch seinen Teil kriegen. Sie musste den Prinzen in ihre Hände bekommen. Als sie von Rapunzeln weg gegangen war, stieg sie auf den Turm, und fing an zu singen, wie Rapunzel immer gesungen hatte. Der Prinz kam und glaubte sie wäre es. Er rief: »Rapunzel, lass deine Haare 'runter. dass ich 'rauf kann.« Nun hatte sie ihr die Fee eben dazu abgeschnitten. Sie ließ also die Flechten herunter und der Prinz kam herauf. Es ward ihm weh, dass er Rapunzeln nicht sah, und er suchte sie mit sehnlichen Blicken, aber die Fee sah ihn böse an und sagte: »Du Wagehals, du hast einen gefährlichen Verstoß gemacht, du sollst dafür grausam bestraft werden!« Aber er hörte nicht auf ihre Drohungen und lief mit gerungenen Händen umher, und rief eines Rufens: »Wo ist sie, wo ist sie?« – »Verloren für dich!« sagte die Fee. Nun sprang der Prinz vor Gram vom Turme herunter und er hätte leicht das Genick brechen können; aber er tat einen glücklichen Fall und verlor bloß beide Augen.

Er wunderte sich sehr, dass er nicht mehr sehen konnte, und blieb eine Zeit lang an dem Turm liegen und weinte, und sagte nichts, als: »Rapunzel, Rapunzel!« Endlich stand er auf und tappte so lange mühsam fort, bis er besser gehen lernte. So ging er, ach, ich weiß nicht, wie lange, fort, und konnte keinen Menschen finden, der ihn geführt hätte. Wenn ihn hungerte, aß er Gras und Wurzeln. Das war er gar nicht gewohnt.

Nach einigen Jahren kam ihm der Gedanke an seine verlorene Rapunzel und sein Unglück einmal recht stark wieder ins Herz. Er legte sich unter einem Baum nieder und überließ sich ganz seinen traurigen Betrachtungen. Aber auf einmal war er wie erwacht, als er eine schöne Stimme hörte, die nicht weit von ihm sein konnte. Sie drang ihm tief in das Herz und machte darin Empfindungen lebendig, die er seit langer Zeit nicht gehabt hatte. »Ach, lieber Gott«, sagte er und dabei streckte er beide Hände aus: »Das ist meiner Rapunzel ihre Stimme!«

Und da hatte er recht, denn er war nach und nach bis zu ihrer Einsamkeit hingewandert. Sie saß vor ihrer Hütte, und sang etwas von ihrer unglücklichen Liebesgeschichte. Ein paar Kinder, so schön wie die Engelchen, spielten nicht weit von ihr im Grase, und da sie etwas weiter weg kamen, sahen sie den Prinzen unter dem Baume liegen und liefen zu ihm hin. Kaum hatten sie ihm ins Gesicht gesehen, so fielen sie ihm um den Hals und riefen beständig: »Du bist unser Papa!« Sie riefen ihre Mutter und schrien so dabei, dass sie gelaufen kam und nicht begreifen konnte, was es wäre; denn bis jetzt war sie in ihrer Einsamkeit durch nichts gestört worden.

Aber wie erstaunte sie und freute sie sich, als sie ihren lieben Mann auf einmal vor sich sah! Das lässt sich gar nicht beschreiben. Sie tat einen großen Schrei, fiel ihm um den Hals und ihr Vergnügen war so groß, dass sie dabei weinen musste. Und wie wunderbar das war! Kaum waren einige von ihren Tränen auf die Augen des Prinzen gefallen, so kriegte er sie wieder und er konnte wieder so klar sehen, als sonst und hatte dies Glück der Liebe seiner Rapunzel zu danken, wofür er sie auch wieder liebte, wie er nie so stark getan hatte.

Es sah sich recht rührend zu, wie der schöne Prinz, die schöne Prinzessin und ihre beiden Kinderchen sich so freuten, dass sie alle vor Freuden weinen mussten.

Der Tag ging so unter Freuden hin; als aber der Abend kam, war die ganze kleine Familie etwas hungrig. Der Prinz griff in den Korb und glaubte Zwieback zu kriegen; aber ach! Es war ein Stein. Er erschrak über dies Wunder und seufzte. Die beiden Kleinen weinten, denn ihr Zwieback wurde auch Stein; die arme Mutter wollte ihnen wenigstens ein paar Tropfen Wasser geben, aber es wurde Kristall daraus.

Was das für eine schreckliche Nacht war! Sie glaubten, sie würde ewig dauern. Sobald der Tag graute, standen sie auf und wollten Wurzeln suchen; aber, oh weh, oh weh! Es wurden Schlangen und Regenwürmer daraus. Sie wollten Vögel fangen und selbst die niedlichsten wurden zu Kohlraben, zu Wiedehopfen und Großvögeln. »Nun ist es aus mit uns, liebe Rapunzel«, sagte der Prinz, »wir haben uns nur wieder finden sollen, um uns verhungern zu lassen!« – »So lass uns sterben«, rief sie, und drückte ihn an sich, »und unsre Feinde sollen uns beneiden, dass wir so sanft eingeschlafen sind.« Die beiden armen Kinder saßen auf ihrem Schoß und waren so matt, dass sie nicht einmal mehr weinen konnten. Es hätte einen Stein erbarmen mögen, wenn er das so mit angesehen hätte. Aber es kam nun auch Hülfe. Die Fee ließ sich rühren und ihre ehemalige Liebe zur schönen Rapunzel kam zurück. Sie kam auf einem herrlichen Wagen durch die Luft gefahren, nahm sie alle hinein, setzte sie auf prächtige Küssen und führte sie in das Schloss, worin der Vater des Prinzen seinen Hofstaat hielt. Hier war man ganz außer sich vor Freuden, dass der schöne Prinz wieder kam, den man schon lange verloren gehalten hatte, dass sein Vater wieder hatte heiraten wollen, um einen zweiten zu bekommen. Das unterließ er jetzt, da es nicht nötig war. Sein Sohn war jetzt doppelt so glücklich, weil er unglücklich gewesen war, und liebte Rapunzeln doppelt so sehr, und sie ihn, weil sie einander verloren gehabt hatten. Hier ist ihre Geschichte zu Ende.

Die Kinder am Sarge der kleinen Schwester

Karoline Stahl

Schwesterchen, wie schläfst du lange!
Wenn erwachst denn endlich du?
Wie ist dir so bleich die Wange
Und so fest das Äuglein zu!

Steh doch auf! – die Mutter schmückte
Dich mit Blumen, oh so schön!
Und ein neues Bettchen schickte,
Dir der Schreiner. – Mögst's nicht sehn?

Mütterchen ach! weint schon lange
Und erzählt uns gar nichts mehr.
Und uns Kindern ist so bange,
Oh, so komm doch Du nur her!

Hast wohl an ein schönes Kleidchen,
Doch beschmutzen wir dir's nicht:
Spielen Hochzeit, du bist's Bräutchen.
Hör! gefällt dir denn das nicht? –

Vater spricht: wir sollen gehen
Und dir sagen gute Nacht,
Weil wir lange dich nicht sehen,
Bis du wieder aufgewacht..

Gute Nacht! und noch ein Küsschen.
O! wie bist du doch so kalt!
Schlaf und träume noch ein bisschen,
Und erwache ja recht bald!

Von Piet Jan Clas, der den Tod suchte

Johann Wilhelm Wolf

Es war einmal ein Mann, der hieß Piet Jan Clas, und der war so neugierig, oh so neugierig, dass es nicht zu sagen ist. Eines Tages nun hörte er zufällig von dem Tode sprechen und die Leute sagten, das wäre zwar ein gar hässlicher und grimmiger Kerl, aber gerecht dabei! Wie kein anderer. Als Piet Jan Clas das hörte, da dachte er bei sich: »Ach, den Tod möchte ich doch gern einmal sehen, das muss ein kurioser Kauz sein«, und damit ging er nach Hause und nahm seinen Stock und setzte seinen dreikantigen Hut auf und machte sich auf den Weg. Als er nun schon weit gegangen war, da kam er in eine Stadt und sah da einen Schuhladen voll Schuhe und der Schuster saß an der Türe und machte immer noch neue Schuhe. »Guten Morgen, Meister«, sprach er und der Schuster dankte, ohne jedoch von seiner Arbeit aufzustehen. »Was macht ihr da Gutes?«, fragte Clas. »Wie ihr seht, Schuhe und immer Schuhe«, antwortete der Meister und stach mit der Pfrieme ein Loch und zog Krrrr den Pechfaden durch. »Aber ihr habt ja schon so viel fertig da stehen«, sprach Clas hinwieder, »warum macht ihr denn noch immer neue?« – »Ah, um sie zu verschleißen und zu verkaufen und meine Frau und Kinder mit dem Gelde zu ernähren, Krrrr!« – »Und wenn ihr das nun getan habt, was dann?«, fragte Clas weiter und der Schuster entgegnete: »Ei, dann lege ich mich aufs Ohr und dann kommt der Tod und holt mich ab, Krrrr.« »Der Tod?«, schrie Clas verwundert, »ach, lieber Meister, tut mir doch um Gottes willen den Gefallen und sagt mir, wo ich den finde. Habt ihr ihn nie gesehen?« – »Nein, nein«, lachte der Meister, »und dafür danke ich unsern lieben Herrgott, bin auch nicht gar neugierig darum.« »Wo könnte ich ihn denn finden?«, fragte Clas und der Schuster sprach schmunzelnd: »Geht nur gerad aus und immer weiter eurer Nase nach, da findet ihr ihn vielleicht.« Clas bedankte sich für den guten Bescheid und ging fröhlich weiter den ganzen Tag und die ganze Nacht und den folgenden Tag bis Mittag. Da begegnete er in einem Walde einem Bauer, der hatte schon einen ganzen Wagen voll Holz gehauen und hieb noch immer mehr. »Aber sag mir doch, Bruderherz«, sprach Clas, nachdem er den Bauer gegrüßt und der ihn wieder gegrüßt hatte, »was willst du denn eigentlich mit all dem Holze anfangen?« – »Ei«, sprach der Bauer, »ich binde Bündel daraus, die ich im Winter brenne, und was ich für mich nötig habe, das verkaufe ich und hole mir Brot und Fleisch von dem Gelde; so bring ich mein Leben hin bis zu meinem seligen Tode.« »Apropos«, fiel Clas ein, »mit dem Tode; wisst ihr nicht, wo der sich wohl aufhält und herumtreibt, ich möchte ihn so gern sehen, dass mit der Bauch weh tut.« – »Da kann ich euch nicht dienen, Freund«, sprach der Bauer; »aber gehet einmal ganz gerade aus, es ist möglich, dass ihr ihn antrefft.« Clas dankte fein höflich für den Bescheid und ging weiter und weiter, immer grad aus, bis er abermals in eine Stadt kam. Da saß ein Schneider in einem schönen Hause auf dem Tische und nähte und um ihn herum war alles voll Kleider, sodass kein Fleckchen Wand blieb, wohin auch nur eine Fliege sich hätte setzen können. »Was tut ihr doch mit all den Kleider«, fragte Clas, nachdem er eine Zeit lang das Haus angestaunt hatte. »Die verkauf ich«, antwortete der Schneider, »die Wollnen im Winter die Linnenen im Sommer und die Baumwollenen im Frühling und Herbst.« »Und wenn ihr die denn verkauft habt?«, frug Clas. »Nun, dann nähe ich wieder Neue«, brummte der Schneider verdrießlich, »und die verkauf ich wieder und nähe noch einmal Neue und verkauf' sie abermals, bis der Tod kommt.« – »Dann könnt ihr mir gewiss auch sagen, wo ich den Tod finden kann; nicht wahr, Meister?«, fuhr Clas neugierig fort, aber der Schneider sprach, er solle sich nur geschwind aus der Tür machen, denn die Schneidermeister wären nicht gar gut Freund mit dem Tode, der hole ihnen zu viele Kunden weg. »Das ist ein grober Kerl«, dachte Piet Jan Clas und ging seiner Nase nach weiter und als er wieder lange gegangen war, da kam er in einen Wald, der so groß war, dass man kein Ende davon sah. Er schritt aber mutig hinein und fand daselbst einen Einsiedel mit langem greisem Barte, kahlem Kopfe, einer dicken groben Kutte und einem Rosenkranze in der Hand. »Ach«, dachte Clas, »wenn das nicht der Tod ist, dann weiß er mit doch sicherlich Bescheid davon zu geben«, und ging auf den Einsiedel zu und grüßte ihn und der Einsiedel grüßte Clas wieder und Clas fragte: »Was tuet ihr denn hier allein in der Einsamkeit; da wüsste ich nichts Angenehmes dran zu finden, so allein zu sein« – »Ach«, sprach der Einsiedel, »ich habe mich von den Menschen abgesondert, um Gott besser dienen zu können und wohl vorbereitet zu sein, wenn der Tod kommt und mich« – »Ja, wegen dem Tode wollte ich euch just fragen«, fiel ihm Clas in die Rede, »den möchte ich für mein Leben gern einmal sehen; könnt ihr mir vielleicht dazu verhelfen?« – »Den Tod kann man nur einmal sehen«, antwortete der Einsiedel, »aber wollt ihr ihn sehen, nun so gehet weiter, jeden Abend seid ihr ihm einen Tag näher.« Das gefiel Clas und er dankte dem Einsiedel aus vollem Herzen und sprach, als er die Klause* eben aus den Augen verloren hatte, zu sich selbst: »Das nenn' ich mir doch einmal einen vernünftigen Bescheid, nur wird es mir jeden Tag zu lang werden, ehe es Abend ist; aber ich habs dem Alten gleich angesehen, dass er es wusste.« So schritt er munter fort über Berg und Tal, durch Wald und Wiese, bis er eines Abends in der Ferne ein großes Schloss sah; da ging er darauf zu. Als er an das Tor gekommen war, stand da ein stein-, steinalt Mütterchen, die war so mager, dass man jedes Knöchelchen an ihrem Leibe zählen konnte; dabei hatte sie feuerrote Augen, ganz eingefallen hohle Backen und eine dicke Hängelippe; auf ihrem Rücken saß ein dicker Buckel und darauf stand ein Korb voll Fläschchen und Salbentöpfchen; außerdem hatte sie ein großes Messer an ihrer Seite hängen. »Das

* Unterschlupf des Einsiedlers.

könnte leicht der Tod sein«, dache Clas und trat zu ihr und zog seine Dreispitze* und sprach: »Gott grüß euch, Mütterchen.« »Schön Dank, mein Söhnchen«, sprach die Alte. »Ach, liebes Mütterchen, seid ihr nicht der Tod?« fragte Clas alsdann. »Nein, im Gegenteil«, antwortete sie, »ich bin das Leben und heile mit meinen Salben und Medizinen alle Schäden und Wunden und Krankheiten.« – »Das ist doch Schade«, sprach da Clas, »ich hatte schon so große Freude, indem ich dachte, ihr wärt der Tod; ich reise nun schon so lange über Berg und Tal, durch Wald und Wiese, um ihn zu suchen, und ich finde ihn nirgends; könntet ihr mir ihn nicht zeigen?« – »Doch das kann ich wohl«, sprach die Alte. »Ach, lieb, lieb Mütterchen, dann tut das doch!«, rief Clas entzückt aus; »ich bitte euch um alles in der Welt, ihr könntet mir keinen größern Gefallen erweisen.« – »Ja, das will ich gern«, sprach das Mütterchen, »zieh dich nur vorerst ganz splitternackt aus.« Da warf Clas voller Freude Hut und Stock und Kittel hin und zog sich alsdann auch die übrigen Kleider vom Leibe. Als das geschehen war, da sprach das Mütterchen: »Nun knie dich nieder und leg deinen Kopf in meinen Schoß«, und als er das auch getan hatte, da nahm sie ihr scharfes Messer und schnitt ihm den Kopf ritsch ratsch ab, drehte ihn ganz geschwind herum und setzte ihn wieder so auf, dass das Gesicht nach dem Rücken gekehrt war. Im selben Augenblicke sprang Clas auf und schrie ganz jämmerlich: »Oh je, oh je, oh weh! Hülfe, Hülfe! Oh rettet

* Seinen Hut.

mich! Helft mit aus der grausamen Not! Oh was seh ich für gräuliche Sachen!« Das alte Mütterchen hörte aber nicht darauf und ließ ihn zwei Stunden lang mit dem Gesichte auf dem Rücken. »Du wolltest ja den Tod sehen, nun siehst du ihn«, sprach sie. Clas ermattete aber dermaßen von all dem Schrecken, den er ausstand, dass er endlich ohnmächtig zusammenfiel und kein Lebenszeichen mehr von sich gab. Als die Alte das sah, schnitt sie ihm den Kopf wieder ab und setzte ihn wieder zurecht, strich ein bisschen Salbe aus einem ihrer Töpfchen auf die Wunde und in zwei Minuten war sie heil und Piet Jan Clas wieder so gesund wie vorher. »Hast du nun den Tod gesehen?«, fragte das Mütterchen. »Ja, das sei Gott geklagt«, sprach Clas, »das ist nicht zum Spaßen«, und er zog sich so schnell, wie er konnte, an und lief, was er konnte, nach Haus zurück.

Von der wunderschönen Prinzess, verwünscht im wilden Meer in der Steinklippe

Ulrich Jahn

In einem Dorfe lebte einmal ein kluger Bauer. Eines Tages ging er auf das Feld, um seinen Acker zu bestellen; da begegnete ihm der König, der sah so betrübt aus. Fragte ihn der Bauer: »Warum bist du so traurig? Du hast doch alles, was du dir wünschst, und brauchst für nichts Sorge zu tragen!« Der König antwortete darauf: »Recht hast du; ich besitze viele Reichtümer und Schätze, aber dennoch bin ich unglücklich; ich habe keine Kinder!« – »Wenn's weiter nichts ist«, erwiderte der Bauer, »so gib dich zufrieden; übers Jahr wird deine Frau niederkommen und einen Sohn gebären.« – »Trifft das ein, so weiß ich's dir Dank«, versetzte der König und kehrte in sein Schloss zurück.

Nach Jahresfrist fand sich der König wieder auf dem Acker ein und rief dem Bauern freudig zu: »Deine Worte sind in Erfüllung gegangen, heute hat mir die Königin einen Sohn geboren; wünsche dir jetzt, was du willst, es soll dir gewährt werden!« Der Bauer wollte anfangs von der Belohnung nichts wissen, da der König aber nicht abließ, in ihn zu dringen, sagte er endlich:

»Nun gut, meine Frau ist gleichzeitig mit der deinen niedergekommen; nimm den neugeborenen Knaben als dein eigenes Kind an und lass ihn als den Bruder des rechten Prinzen erziehen.« Der König war damit einverstanden, nahm des Bauern Kind zu sich auf sein Pferd und brachte es der Königin auf das Schloss. Dort wurde es zu dem jungen Prinzen in die Wiege gelegt und die beiden Knaben galten vor aller Welt als Zwillinge. Der Sohn des Königs aber wurde Karl genannt, während der des Bauern Friedrich hieß.

Als die Prinzen größer geworden waren, gingen sie häufig auf die Jagd. Da erblickten sie eines Tages einen wunderschönen Vogel, der dicht vor ihnen her am Boden flatterte. Prinz Friedrich konnte sich gar nicht satt sehen an dem bunten Gefieder und eilte dem Vogel nach, um ihn zu fangen. Aber das Tier war flinker, als der Jäger, und entwischte immer rechtzeitig seinen Händen. Darüber ward Prinz Karl böse, er ergriff seinen Bogen und schoss mit einem Pfeile nach dem Vogel, dass er tot zu Boden stürzte. Das verdross Prinz Friedrich und zornig warf er das blutende Tier in ein nahes Gewässer. Kaum hatten jedoch die Federn den Wasserspiegel berührt, so durchdrang neues Leben den Vogel, er setzte seine Flügel in Bewegung, hob sich in die Lüfte und flog davon und war bald den Blicken der Jäger entschwunden. Prinz Karl achtete nicht weiter darauf, aber Prinz Friedrich erkannte, dass hier der Quell des Wassers des Lebens sei, und merkte sich die Stelle.

Als sie von der Jagd in die Königsburg zurückgekehrt waren, baten die beiden Prinzen ihren Vater, er möge ihnen doch im Walde ein Jagdschloss bauen. Der König willigte ein und da Prinz Friedrich es so wünschte, wurde das Haus hart an der Quelle mit dem Wasser des Lebens errichtet. Ehe sie es jedoch bezogen, mussten die trefflichsten Künstler und Maler alle Stuben und Säle auf das prächtigste ausschmücken. Prinz Karl und Prinz Friedrich gingen Tag für Tag hin, um das Fortschreiten der Arbeiten zu beobachten, und besuchten jedes Zimmer. Nur in ein einziges wollten die Maler sie nicht hineinlassen, das dürften sie erst betreten, wenn alles vollendet sei. Endlich war auch diese Stube fertig, Prinz Karl war der erste, welcher über die Schwelle trat. Aber kaum stand er in dem Gemache, so sank er auch schon leblos zu Boden; denn an die Wand war von den Malern die wunderschöne Prinzess, verwünscht im wilden Meer in der Steinklippe, gemalt worden, und das Bild hatte es dem Prinzen angetan.

Wie er nach langer Zeit aus der Ohnmacht wieder erwachte, sprach er zu Prinz Friedrich: »Bruder, wir müssen die verwünschte Prinzessin erlösen. Bekomme ich sie nicht zur Frau, so muss ich sterben!« Da Prinz Karl fest auf seinem Vorsatz beharrte, so willigte Prinz Friedrich endlich ein, und sie baten beide den König, dass er ihnen erlaube, auf Reisen zu gehen und Abenteuer zu suchen. Die Bitte wurde gewährt, sie erhielten prächtige Kleider und zwei schöne Rosse, und dann ritten sie fort von dem Königsschlosse in die weite Welt hinein.

Es dauerte nicht lange, so kamen sie in einen großen Wald, der kein Ende nehmen wollte. Drei Tage und drei

Nächte waren sie geritten, da wurden sie so müde, dass sie vor einer kleinen Waldhütte Halt machten, um dort zu übernachten. Prinz Karl blieb bei den Pferden, während Prinz Friedrich durch die Türe in das Haus trat, um mit den Leuten zu unterhandeln. Aber so viel er auch umherspähte, nirgends war etwas von einem Menschen zu sehen. Unterdes war Prinz Karl ungeduldig geworden und trat auch herein; da erschien plötzlich eine schwarzgekleidete Jungfrau, die fragte sie, was sie begehrten. »Wir bitten um Unterkunft für die Nacht«, antworteten die Prinzen. »Das soll euch erlaubt sein«, erwiderte die schwarze Jungfrau, und verschwunden war sie.

Nachdem sich die Prinzen von ihrem Erstaunen erholt hatten, gingen sie hinaus, um nach den Pferden zu sehen, fanden sie aber nicht. Sie suchten und suchten, bis sie an einen Stall kamen, wo die beiden Rosse an gefüllten Krippen standen und fraßen. Da waren sie zufrieden und kehrten wieder in die Stube zurück. Nun waren sie aber beide von dem langen Ritt todmüde. »Oh wenn doch ein paar Stühle hier wären!«, seufzte Prinz Karl. In demselben Augenblick waren auch schon die Stühle zur Stelle. »Dann wünschen wir uns auch noch einen Tisch mit Speisen für den Hunger!«, und siehe da, auch der Tisch und die schönsten Speisen standen sofort vor ihnen. Da setzten sie sich auf die Stühle und langten wacker zu, bis sie ihren Hunger gestillt hatten; dann standen sie auf und riefen: »Jetzt hätten wir gerne zwei weiche Betten«, und als die da waren, kleideten sie sich aus und legten sich hinein, und es dauerte gar nicht lange, so war Prinz Karl fest eingeschlafen.

Prinz Friedrich wollte kein Schlaf in die Augen kommen und das war ein großes Glück; denn, als die Uhr elf schlug, öffnete sich die Türe, und herein trat die schwarze Jungfrau, stellte ein Licht auf den Tisch und deckte denselben. Als sie damit fertig war, gesellte sich ein schwarzer Mann zu ihr, und beide setzten sich nieder und aßen. Nach einer kleinen Weile hob die Jungfrau an und sprach: »Väterchen, ich weiß etwas Neues.« Er antwortete: »Liebe Tochter, was weißt du denn?« – »Väterchen, hier sind zwei ausländische Prinzen, die wollen die wunderschöne Prinzess, verwünscht im wilden Meer in der Steinklippe, erlösen, und sie könnten das Werk auch vollbringen, wenn sie wüssten, was ich weiß.« Versetzte der Schwarze: »Was weißt du denn, mein Töchterchen?« Sie sprach: »Unter dem ersten Eckstein unseres Hauses liegt eine goldene Gotzel*, die muss Prinz Friedrich nehmen, und sie wird ihm den Weg nach der Steinklippe zeigen.« Da sie das gesprochen hatte, verschwanden der schwarze Mann und seine Tochter wieder.

Prinz Friedrich aber behielt alle diese Worte in seinem Herzen und dachte bei sich: »Wenn wir noch eine Nacht hier blieben, vielleicht, dass wir noch mehr erfahren könnten.« Er beredete darum Prinz Karl und sie blieben wirklich noch eine Nacht daselbst. Um Mitternacht, als Prinz Karl von festem Schlummer umfangen war, während Prinz Friedrich sich wie gestern schlaflos auf seinem Lager wälzte, öffnete sich die Türe,

* Kugel.

und es erschienen wieder der schwarze Mann und die schwarze Jungfrau und setzten sich zu Tische. »Väterchen«, hub die schwarze Jungfrau an, wie in der Nacht zuvor, »ich weiß etwas Neues.« – »Nun, was weißt du denn?«, fragte der Schwarze. – »Es sind zwei ausländische Prinzen hier, die wollen die wunderschöne Prinzess, verwünscht im wilden Meer in der Steinklippe, erlösen, und sie könnten das Werk auch vollbringen, wenn sie wüssten, was ich weiß.« – »Nun, was weißt du denn, Töchterchen?« – »Unter dem zweiten Eckstein unseres Hauses liegt ein goldener Degen. Den muss Prinz Friedrich nehmen und, wenn er an das Meer kommt, damit in die Wellen schlagen; so wird sich das Wasser auseinander teilen und wie eine Mauer zu beiden Seiten stehen, dass die Prinzen durch das wilde Meer bis zur Steinklippe reiten können.« Nach diesen Worten verschwanden die beiden. Prinz Friedrich aber dachte bei sich: »Weiß die schwarze Jungfer, wie wir an die Steinklippe gelangen, so wird sie auch wissen, wie wir die Prinzessin selbst erreichen«, darum gab er am andern Morgen dem Prinzen Karl die schönsten Worte, er möge doch noch eine Nacht in dem Häuschen verweilen; und er quälte und bat so lange, bis der Bruder nachgab und seine Bitte gewährte.

In der dritten Nacht lag Prinz Karl wieder vom tiefen Schlafe umfangen, als die schwarze Jungfer mit dem schwarzen Mann in die Stube trat und sagte: »Väterchen, ich weiß etwas Neues!« – »Nun, was weißt du denn, meine Tochter?« – »Es sind zwei ausländische Prinzen hier, die wollen die wunderschöne Prinzess, verwünscht im wilden Meer in der Steinklippe, erlösen, und sie könnten das Werk auch vollbringen, wenn sie wüssten, was ich weiß.« – »Nun, was weißt du denn?« – »Unter dem dritten Eckstein unseres Hauses liegt eine goldene Rute. Die muss Prinz Friedrich nehmen und wenn er mit dem Prinzen Karl an die Steinklippe kommt, muss er die Pforte damit berühren. Alsbald wird sie sich öffnen, dass die Prinzen eintreten können. Nacheinander muss Prinz Friedrich sodann noch elf Türen auf dieselbe Weise öffnen; die zwölfte Türe darf er aber nicht mit der Rute berühren, dort muss er klopfen. Sogleich wird die Türe aufspringen, die Prinzessin herausstürzen und dem Prinzen Karl um den Hals fallen. Prinz Friedrich wird sich darum grämen, da er allein alle Arbeit gehabt hat; aber das hilft ihm nichts, denn die wunderschöne Prinzess, verwünscht in dem wilden Meer in der Steinklippe, ist einzig und allein für den Prinzen Karl bestimmt.« Darauf verließen der schwarze Mann und seine Tochter das Zimmer, und Prinz Friedrich schlief fest ein.

Am andern Morgen untergrub er drei Ecksteine des Hauses und fand dort die goldene Gotzel, den goldenen Degen und die goldene Rute; sodann zogen die Prinzen ihre Pferde aus dem Stalle, schwangen sich darauf und ritten davon. Die goldene Gotzel aber sprang dem Prinzen Friedrich aus der Tasche und rollte im Sande vor ihnen her, bis sie an das wilde Meer gelangten. Hier stieg Prinz Friedrich vom Pferde und schlug mit dem goldenen Degen dreimal in die Meereswogen hinein. Sofort staute sich das Wasser zu beiden Seiten, dass sie wie auf einer breiten Straße zur Steinklippe ritten. Auch die goldene Rute tat ihre Dienste und es währte nicht lange, so sprang, wie die schwarze Jungfer vorher gesagt hatte, auf das Klopfen des Prinzen Friedrich die zwölfte Türe auf, und die wunderschöne Prinzess hing dem Prinzen Karl am Halse.

Da Prinz Friedrich wusste, dass alles so kommen müsse, ärgerte er sich jedoch nicht weiter darüber, sondern nahm die schöne Kammerjungfer in seine Arme und verlobte sich mit ihr. Nachdem sie einander genug geherzt und geküsst hatten, hob Prinz Karl die Prinzessin und Prinz Friedrich die Kammerjungfer vor sich auf das Ross, und dann machten sie sich auf den Heimweg. Gegen Abend langten sie bei dem kleinen Häuschen an und beschlossen, wieder dort zu übernachten. Sie wünschten sich aber diesmal vier Stühle und vier Betten, und siehe, sie bekamen alles, was sie verlangten.

Als die Nacht anbrach und den übrigen längst der Schlaf die Augen geschlossen hatte, konnte Prinz Friedrich wiederum nicht einschlummern. Mit dem Schlage elf öffnete sich die Türe und der schwarze Mann trat mit seiner Tochter herein. »Väterchen«, hub sie an, »ich weiß schon wieder etwas Neues!« – »Nun, was denn?« – »Es sind zwei ausländische Prinzen hier, die glauben, sie hätten die wunderschöne Prinzess, verwünscht im wilden Meer in der Steinklippe, erlöst; doch sie irren sich. Sie würden die Erlösung aber vollbringen, wenn sie wüssten, was ich weiß.« – »Nun, was weißt du denn?« – »Wenn die Prinzen heimreiten, werden sie an eine hölzerne Brücke kommen. Dann muss Prinz

Friedrich vorreiten und zuerst über die Brücke sprengen, obgleich eine Stimme hoch oben aus der Luft herabruft: ›Seht doch einmal, was sich der grobe Bauerprinz einbildet!‹ Reitet Prinz Friedrich nicht zuerst über die Brücke, sondern lässt er Prinz Karl den Vorrang, so sind sie alle vier verloren und fahren samt der Brücke in den Abgrund hinab.« Dann verschwanden die beiden.

Prinz Friedrich dachte bei sich: »Das geht hier sonderbar zu; aber die Ratschläge waren das erste Mal gut, so werden sie uns auch jetzt von Nutzen sein; und ist die schwarze Jungfer damals drei Nächte gekommen, wird sie auch diesmal so tun.« Er überredete also den Prinzen Karl, drei Tage in dem Häuschen zu bleiben; und da derselbe seinen Bruder von Herzen lieb hatte, so willigte er auch ein.

In der zweiten Nacht erschienen die beiden schwarzen Gestalten von neuem und die Tochter sagte: »Väterchen, ich weiß etwas Neues!« – »Nun, was denn?« – »Es sind zwei ausländische Prinzen hier, die glauben, sie hätten die wunderschöne Prinzess, verwünscht in dem wilden Meer in der Steinklippe, erlöst; sie irren sich aber. Jedoch sie würden die Erlösung vollbringen, wenn sie wüssten, was ich weiß.« – »Nun, was weißt du denn?« – »Der alte König hat während der Abwesenheit der beiden Prinzen eine alte Hexe geheiratet. Wenn nun die Prinzen mit ihren Bräuten glücklich über die Brücke geritten sind, wird ihnen die Stiefmutter entgegenkommen und auf goldenem Teller vier Flaschen Wein darreichen. Dann muss Prinz Friedrich vorreiten und mit seinem Degen die Flaschen zerschlagen. Tut er es nicht und trinkt Prinz Karl von dem Weine, so müssen sie alle vier sterben.« Danach verließen sie das Zimmer.

In der dritten Nacht sprach die schwarze Jungfer wieder: »Väterchen, ich weiß etwas Neues?« – »Nun was denn?« – »Es sind zwei ausländische Prinzen hier, die glauben, sie hätten die wunderschöne Prinzess, verwünscht in dem wilden Meer in der Steinklippe, erlöst, sie irren sich aber; sie würden jedoch die Erlösung vollbringen, wenn sie wüssten, was ich weiß.« – »Nun, was weißt du denn?« – »Wenn die Prinzen mit ihren Bräuten heimgekehrt sind und zur Trau fahren wollen, so wird ihnen auf dem Wege zur Kirche ein wunderschöner Schimmel entgegenkommen, sich vor der Prinzessin neigen und sie einladen, auf seinem Rücken Platz zu nehmen. Tut die Prinzessin das, so fährt der Schimmel mit ihr durch die Lüfte davon, und sie ist tausendmal mehr verwünscht, denn je zuvor. Prinz Friedrich muss darum dem Unglück zuvor kommen und dem Schimmel mit seinem goldenen Degen das Haupt abschlagen; dann ist die Prinzessin gerettet.«

Jetzt wusste Prinz Friedrich genug und schlief fest ein. Am andern Morgen sattelten sie die Pferde und ritten der Heimat zu. Und wirklich, es kam wiederum alles, wie die schwarze Jungfer zuvor gesagt hatte. Zuerst stiegen sie auf die prächtige Brücke. Schnell sprengte Prinz Friedrich mit seinem Rosse dem Bruder vorauf und ritt zuerst hinüber, obgleich die Stimme höhnend aus den Wolken rief: »Seht doch einmal, was sich der grobe Bauerprinz einbildet!« Prinz Karl wunderte sich zwar über das wunderliche Gebaren, aber böse wurde er erst, als ihm bald darauf seine Stiefmutter entgegentrat, ihn mit freundlichen Worten als ihren Sohn begrüßte und ihm den Wein darbot. Das schien ihm denn doch zu tölpelhaft, dass Prinz Friedrich mit dem Degen die Flaschen zerschlug, dass das köstliche Getränk auf den Erdboden floss. Prinz Friedrich aber kehrte sich nicht an den Zorn seines Bruders, sondern lockte einen Hund heran und ließ ihn von dem ausgegossenen Weine lecken. Sofort streckte das Tier alle Viere von sich und gab seinen Geist auf.

Da erkannte Prinz Karl, dass sein Bruder ihm das Leben gerettet, und er drückte ihm dankbar die Hand. Darum sagte er auch nichts, als Prinz Friedrich, nachdem sie in das königliche Schloss zurückgekehrt waren, auf dem Wege zur Trau dem prächtigen Schimmel das Haupt abschlug, so sehr die Prinzessin auch über den Tod des herrlichen Rosses jammerte. Ihre Freundschaft blieb felsenfest; sie zogen zusammen in das Schloss, das sie sich hatten erbauen lassen, und lebten mit ihren Frauen einträchtig beieinander und hatten ihre Freude an den schönen Kindern, die sie ihnen gebaren.

Der alten Königin ließ es aber keine Ruhe, dass Prinz Friedrich alle ihre Pläne zunichtegemacht, und sie sann Tag und Nacht darauf, sich an ihm zu rächen. Eines Abends nun war Prinz Friedrich an den Strand gegangen, um von der Düne aus auf die See zu schauen, ob seine und seines Bruders Schiffe bald heimkehren würden. Da schlich die alte Hexe ihm nach, sprach einen

Zauberspruch und da lag er vor ihr als ein großer Felsblock im Sande. Vergnügt rieb sich das böse Weib die Hände und eilte in das Schloss zurück.

Als Prinz Friedrich nicht heimkehrte, litt es Prinz Karl nicht mehr im Schlosse bei seiner Gemahlin; er setzte sich auf sein Pferd und ritt in die weite Welt hinaus, um den verschollenen Bruder zu suchen. Nachdem er lange Zeit hin und her geirrt war, führte ihn das Ungefähr wieder in das kleine Häuschen im Walde. Gutes Mutes, einmal ausruhen zu dürfen, kehrte er dort ein, führte sein Pferd in den Stall und wünschte sich selbst Tisch, Stuhl, Speise und Trank und ein weiches Bett zum Schlafen. Aber so weich er auch auf den Daunen lag, kein Schlaf wollte ihm in die Augen kommen.

Um Mitternacht öffnete sich die Türe, und die schwarze Jungfer trat mit dem schwarzen Manne herein, und beide setzten sich an dem Tische nieder. »Väterchen«, sprach die Tochter, »ich weiß etwas Neues!« – »Nun, was denn?« – »Es ist ein ausländischer Prinz hier, der sucht seinen Bruder. Er würde ihn auch finden, wenn er wüsste, was ich weiß!« – »Nun, was weißt du denn?« – »Sein Bruder ist von der alten Hexe, der Stiefmutter der Prinzen, in einen Stein verwandelt und liegt auf der Düne am Strande.«

Als die schwarzen Gestalten wieder verschwunden waren, fiel es dem Prinzen wie Schuppen von den Augen, und er beschloss, noch eine Nacht in dem Häuschen zu bleiben. In der nächsten Nacht sprach die schwarze Jungfer wieder: »Väterchen, ich weiß etwas Neues!« – »Nun, was denn?« – »Es ist ein ausländischer

Prinz hier, der würde seinen verzauberten Bruder wohl erlösen, wenn er wüsste, was ich weiß.« – »Nun, was weißt du denn?« – »In dem Zimmer des Prinzen Friedrich hängt über der Türe ein großer goldener Degen. Wenn Prinz Karl den nimmt und seine älteste zwölfjährige Tochter zu dem Steine führt, das Kind darauf stellt und den zarten Körper solange mit dem Degen zerschlägt, bis der ganze Stein mit Blut bedeckt ist, so erhält Prinz Friedrich Gesundheit und Leben zurück.« Dann verschwanden die beiden.

Prinz Karl hatte nun zwar sein ältestes Töchterchen sehr lieb, aber das Wohl seines Bruders lag ihm noch mehr am Herzen. Er nahm sich deshalb sogleich vor, um des Bruders willen des Kindes nicht zu schonen. Da er aber den Degen noch niemals in des Prinzen Friedrich Zimmer gesehen, so beschloss er, noch eine Nacht in dem Häuschen zu verbringen, ob er vielleicht noch mehr über die Sache erfahren könne. Und richtig, als die Uhr elf schlug, traten der schwarze Mann und seine Tochter wieder ins Zimmer hinein. »Väterchen, ich weiß etwas Neues«, sprach die schwarze Jungfer. – »Nun, was denn, mein Töchterchen«, entgegnete der Vater. »Es ist ein ausländischer Prinz hier, der möchte seinen Bruder erlösen. Aber der goldene Degen ist nicht so leicht zu führen, wie er es sich denkt. Er würde ihn aber führen können, wenn er wüsste, was ich weiß.« – »Nun, was weißt du denn?« – »Dicht neben dem Degen steht auf dem Sims eine Flasche. Trinkt Prinz Karl daraus, so durchdringt ihn Riesenkraft, und er vermag den Degen zu schwingen.«

Als die beiden verschwunden waren, konnte Prinz Karl kaum die Zeit erwarten, bis die Nacht vorüber war und die Sonne aufging. Dann zog er geschwind sein Ross aus dem Stalle und ritt, so schnell er nur konnte, in sein Schloss zurück. In Prinz Friedrichs Zimmer schaute er begierig nach dem Degen, und siehe, er hing genau an dem Flecke, den die schwarze Jungfer bezeichnet hatte. Er versuchte, ihn herunter zu heben, aber es gelang ihm nicht. Da griff er nach der Flasche auf dem Sims und leerte sie mit einem Zuge. Sogleich zog es wie Feuer durch seine Adern und federleicht schien ihm die Waffe, die er vorher nicht von der Stelle zu bewegen vermochte.

Nachdem er den Degen umgehängt, rief er sein zwölfjähriges Töchterchen zu sich und hieß es, ihn zum Strande begleiten. Das Kind sprang fröhlich vor dem Vater her, die Düne hinauf. Oben auf dem großen Steine musste es niederknien; dann ergriff es Prinz Karl an der Kehle und hieb mit dem Degen auf den zarten Leib ein, dass das Blut den ganzen Stein überströmte und das Mädchen den Geist aufgab.

Kaum war der Felsblock mit dem warmen Blute bedeckt, als er sich zu regen und bewegen begann; er reckte sich und streckte sich und kehrte zu seiner früheren Gestalt zurück. »Warum hast du mich aus meinem Schlafe gestört, mein Bruder«, sagte Prinz Friedrich, »ich hatte so schön geruht.« – Da fiel Prinz Karl seinem Bruder vor Freuden um den Hals und erzählte ihm alles, wie es gekommen war. Dann traf sein Blick die Leiche des Kindes, und er weinte bitterlich.

»Die Sorge will ich dir nehmen«, sagte Prinz Friedrich, ergriff die Leiche und wusch sie in dem See am Schlosse mit dem Wasser des Lebens. Sofort heilten die Wunden, und das Mägdelein schlug seine Augen auf. – »Nun wollen wir aber auch die alte Hexe bestrafen«, sprach er darauf, und die beiden Brüder griffen das böse Weib und fragten sie, was sie lieber wolle, ihr Leben lang einen sieben Meilen langen Schwanz nachschleppen oder neunmal sterben.

Das erste schien der Hexe denn doch eine zu große Qual, darum wählte sie die andere Strafe. »Denn«, dachte sie, »was sie auch reden, einmal kann ich ja doch nur sterben.« Aber sie hatte sich arg verrechnet. Die beiden Prinzen ließen das falsche Weib sich erst recht zu Tode quälen und als sie endlich gestorben war, wurde sie in dem See gewaschen, und sofort kehrten ihre Lebenskräfte zurück. Als sie die Künste des Prinzen Friedrich merkte, da hob sie an zu jammern und zu flehen und bat ihn, es doch mit einem Tode bewenden zu lassen. Aber alles Bitten half dem bösen Weibe zu nichts, sie musste neunmal sterben, und erst dann durfte sie der Grabesruhe genießen.

Prinz Friedrich und Prinz Karl lebten aber noch viele Jahre mit ihren Frauen in Glück und Frieden und wenn sie nicht gestorben sind, leben sie heute noch.

Rotkäppchen

Alexander von Ungern-Sternberg

In einem Dorfe lebte ein sehr hübsches junges Landmädchen, das seinen Eltern im Haushalt behilflich war. Eines Tages sagte die Mutter zu dem Mädchen: »Liebes Kind, geh hinaus in den Wald und bring der Großmutter einen Pflaumenkuchen. Die alte Frau isst so gern dergleichen. Aber halt' dich nicht auf und sei bald wieder da, du weißt, wir haben des Vaters feine Wäsche zu plätten, er will heut zum Pfarrer gehen, um über deine noch bevorstehende Verlobung mit dem jungen Förstergehilfen zu sprechen.« Das junge Mädchen wurde rot, als es diese Worte hörte, allein, gehorsam ihrer Mutter, sagte sie nichts, sondern glättete ihr Haar, flocht sich zierliche Zöpfe und setzte dann ein kleines scharlachrotes Mützchen auf, das sie zu ihrem letztvergangenen fünfzehnten Geburtstag erhalten hatte, und das ihr allerliebst kleidete. So ging sie denn in den Wald, am Arme ein Körbchen, in welchem der Pflaumenkuchen, sauber in eine Serviette gehüllt, ruhte. Man konnte nichts Anmutigeres sehen als dieses hübsche, junge Kind, wie sie in der Morgenfrische daher ging und mit den Vögeln um die Wette ihr Liedchen sang.

Je näher sie dem Walde kam, desto schweigsamer wurde sie. Die hohen Fichtenbäume und die weitzweigigen Eichen und Ahorn verbreiteten einen dunkeln Schatten und ließen ein geheimnisvolles Rauschen vernehmen. Am Eingang des Waldes setzte sie sich auf einen Stein und ruhte aus.

Nun wohnte in diesem Walde ein mächtiger Zauberer, der den jungen Mädchen nachstellte, sich manchmal in einen Wolf oder gar in einen Bären verwandelte, um den armen Kindern Schrecken einzuflößen. Aber dies geschah nur den hässlichen Mädchen, den hübschen erschien er in sehr freundlichen Gestalten, beschenkte sie und gab ihnen sonst noch Zeichen seiner besonderen Gunst. Als Rotkäppchen in den Wald kam, erfuhr es der Zauberer sehr bald, und nun kam er ihr entgegen als ein junger, liebenswürdiger Kavalier, der wunderschöne schwarze, funkelnde Augen hatte und einen Schnurrbart, den man sich nicht zierlicher denken kann; dabei kleine, feine, weiße Hände und hübsche Füße.

»Ah, guten Morgen, mein schönes Kind!«, rief er dem Mädchen entgegen, das von ihrem Sitze aufsprang und ihm eine tiefe Verbeugung machte, wobei es blutrot im Gesicht wurde.

»Bleib sitzen, mein Engel!«, rief er. »Vielleicht hat der Stein sogar Platz für zwei.«

»Ich glaube nicht, gnädiger Herr, er hat kaum Platz für mich.«

»Lass uns den Versuch machen.«

»Es geht wahrlich nicht. Ich werde fallen.«

»Ei, mein Kind«, sagte der Kavalier lächelnd, wobei er die schönsten Zähne zeigte, die man sehen kann, »und ich sollte den Vorwurf auf mich laden, dich zu Fall gebracht zu haben! Das sei ferne. So werde ich vor dir stehen bleiben.«

»Das würde sich nicht schicken, gnädiger Herr. Ich sitzend, während Sie stehen! Wir wollen lieber zusammen weiter gehen.«

»Gut. Und wo gehst du hin, Kleine?«

»Mein Herr, zu meiner Großmama.«

»Grüße sie von mir.«

»Von Ihnen?«

»Ja, von mir. Ist dir das so auffallend? Ich kenne die ehrwürdige alte Dame sehr gut. Ich habe ihr mein Gesangbuch geliehen, wie sie das letztemal in die Kirche ging.«

»Ach, mein Herr, das ist unmöglich. Die Großmutter geht nie aus. Sie ist schon seit drei Jahren gelähmt.«

»Nun, liebes Kind, sagte ich denn, sie ging? Ich hätte sagen sollen, sie fuhr; und zwar in meiner Equipage.*«

»Ach, ist es möglich! Davon hat sie mir doch nichts erzählt. Aber wollen Sie nicht meinen Arm loslassen, gnädiger Herr, ich kann sonst nicht den Korb und unter dem andern Arm die Weinflasche tragen. Eines von beiden müsste fallen.«

»Ich werde dir die Weinflasche abnehmen.«

»Aber trinken Sie's nicht aus.«

»Nicht doch – ich habe selbst Wein im Keller.«

»Ich glaub's wohl. Wie konnte ich mir auch einbilden, dass Sie der alten Großmama den Wein austrinken würden. Das war eine einfältige Rede; Sie müssen mir verzeihen.«

»Recht gern, aber unter einer Bedingung.«

»Und die ist?«

»Dass du mir einen Kuss gibst.«

* Eine elegante Kutsche.

»Ach, das würde sich schlecht schicken. Zudem bin ich verlobt, mein Herr, und darf außer meinem Vater, keinen andern Mann küssen als meinen Bräutigam.«

»Aber den wirst du küssen?«

»Gewiss, wenn er es verlangt. Aber, mein Herr, es ist unnötig, dass Sie mich um den Leib fassen; ich kann schon gehen, ohne gestützt zu werden.«

»Du bist eine allerliebste kleine Unschuld.«

»Still! Was machen Sie da! Das lieb' ich nicht.«

»Es hatte sich eine Fliege auf deinen Hals gesetzt.«

»Und Sie wollten sie mit dem Mund wegfangen? Ist das die Manier, wie man Fliegen fängt?«

»Es ist meine Manier. Wie du hübsch rot geworden bist! Ich dachte, Landmädchen erröten nie. Ich will dir das Tuch etwas freier knüpfen.«

»Sie! Lassen Sie die Flasche Wein nicht fallen!«

»Nein! Ich will sie auf den Boden setzen, während ich dein Tuch losknüpfe. Siehst du nun? Merkst du, wie du jetzt freier atmest?«

»Die Großmutter wird sagen, dass ich mich heut' liederlich gekleidet habe.«

»Lass sie es sagen. Du bist nie schöner gewesen als grade so. Oh, da ist wieder eine Fliege.«

»Halt! Sie haben mich in die Schulter gebissen! Pfui, gnädiger Herr, das ist ein hässliches Betragen. Und überhaupt, ich bin Ihre gehorsame Dienerin; ich will jetzt meinen Weg wieder allein fortsetzen.«

»Wenn ich dir weh getan hab, so tut's mir in der Seele leid.« (Er weint.)

Rotkäppchen (den Korb hinsetzend, und den armen Herrn umarmend): »Oh mein Himmelchen – nein, weinen sollen Sie nicht! Wenn ich grob und böse gewesen bin – nehmen Sie's nicht übel.«

»Nein, nein, ich schäme mich! Lass mich an deinem Busen mein Gesicht verbergen.« (Er sinkt ins Gras nieder und zieht sie nach.)

»So, nun das ist was Schönes! Da sitzen wir im Grase.«

»Ist es nicht lieblich hier? Die Baumgipfel säuseln über uns! Es ist im Walde so still, so heimlich.«

»So grauslich! Kommen Sie, wir wollen wieder weiter gehen. Auf, auf! Soll ich ihnen helfen aufstehen!«

»Ich kann vor Rührung noch immer nicht in die Höh sehn.«

»Ach, Sie liegen mir die ganze Brust platt.«

»Eine so runde Brust!«

»Es ist genug. Die Großmutter wartet auf ihren Kuchen. Wie, mein Herr! auf meinem Knie ist keine Fliege. Sie sollten sich schämen, das Knie einer Bäuerin zu küssen.«

»Es ist das Knie einer Prinzessin.«

»Wir wollen aufstehen, mein Herr. Ich glaub, es gibt an dieser Stelle Ameisen.«

»Wie kämen die hierher?«

»Oh sehr natürlich. Der böse Zauberer, der diesen Wald bewohnt, sendet sie aus.«

»Hast du diesen Zauberer schon einmal gesehen?«

»Nein, gnädigster Herr; und ich hab auch kein Verlangen, ihn zu sehen. Es soll ein großer, zottiger Riese sein, mit den Zähnen eines Ebers und den Klauen eines Bären.«

»Reizende Unschuld!«

»Was sagten Sie?«

»Nichts! Ich möchte an deiner Brust in Wonne vergehen. Oh welch ein Augenblick! Küsse mich – küsse mich! Meine Lippen lechzen sich mit den Deinigen zu vereinen. Mich ergreift eine wahre Wut.« –

»Ach, eine Ameise! Eine Ameise!« (Sie springt auf und läuft fort.)

Der Zauberer (ihr nachsehend): »Da eilt sie hin! wie ein junges Reh, so leichtfüßig. Ein entzückendes Geschöpf! Frisch wie die Knospe im Tau. Die darf ich mir nicht entgehen lassen. In der Hütte der alten Großmama wollen wir uns wiedertreffen, Kleine. Mir entläufst du nicht. In der unscheinbaren, tief im Walde versteckten Hütte! Wie anmutig dort! Aber was mit der Alten beginnen? Wie entferne ich die? Ei – wozu viel grübeln! Ich fress die Alte auf. Als Wolf verwandelt, kann ich mit dem Bissen schon fertig werden.«

Und diesen Plan eilte er sogleich auszuführen, ehe noch Rotkäppchen ihm den Vorsprung abgewinnen konnte.

In die Hütte der Alten trat er ein und sagte: »Bon jour, Madame!«

»Guten Abend, mein Herr! Was steht zu ihren Diensten?«

»Ich bitte, nehmen Sie die Brille ab; so etwas liegt schwer im Magen. Auch den Schlüsselbund bitte ich bei Seite zu legen.«

»Weshalb?«

»Ich hab Ihnen schon bemerkt, dass Brille und Schlüsselbund Dinge sind, die schwer zu verdauen sind. Auch alles, was Sie an Nadeln am Körper haben, müssen Sie ablegen; dergleichen fährt auf gefährliche Weise in die Zähne. Das alte Leibchen von Flanell, die Pantoffeln von weichem Leder und das Florhäubchen – alles das kann mit auf den Kauf gehen.«

»Ich weiß nicht, mein Herr, wie ich Ihre Worte deuten soll. Ich bin eine alte Dame, die von ihren Renten lebt, und sich in der Einsamkeit nicht belästigt zu sehn wünscht.«

»Oh ich will Sie nicht weiter belästigen, Madame – ich will Sie nur auffressen!«

»Ha! Monstre! Ich werde meine Leute rufen.«

»Es ist niemand da; und Rotkäppchen ist noch fünfzig Schritte vom Hause entfernt.«

»Ungeheuer! Zittre vor meinem Fluch!«

»Madame! Brille und Schlüsselbund herunter! Ihr letzter Augenblick ist gekommen!«

»Ich will Ihnen etwas sagen. Ich bin eine geborene Freiin von Mixpickel; zufällig hier an einen Förster verheiratet, der schon längst tot. Meine Verwandten sind sehr mächtig; es könnte Ihnen schlimm gehen, wenn Sie mir ein Leid antäten.«

»Das sind himmelblaue Lügen.«

»Und dann will ich Ihnen noch etwas sagen. Ich hab in Papieren spekuliert und mir ein ganz artiges Vermögen erworben, das sollen Sie haben. Es liegt dort in der Kommode mit den Messingbeschlägen.« (Bei Seite)

»Könnte ich nur aus der Hütte entrinnen, oder käme wenigstens das verwünschte Mädchen mir zu Hilfe.«

In diesem Augenblick hörte man Rotkäppchens Stimme draußen rufen: »Großmama! Großmama!«

»Da ist sie!«, rief die Alte erfreut. Der Zauberer sprang aber hin, und schob den Riegel vor die Tür. Alsdann verwandelte er sich in einen Wolf, stürzte auf die Alte hin und verschlang sie.

Ha, welch ein Mord
In dem stillen Hause! –
Von dem Schmause
Trieft blutig die Zunge,
Da schnell im Sprunge
Rafft alles er fort,
Was an den Gräuel kann mahnen.
Niemand soll ahnen,
Was hier geschehen.
Die Fenster schließt er auf,
Damit Waldlüste wehen;
Dann springt er im Lauf
Zu Kisten und Fächer,
Der arme Schächer,
Wirst die blutigen Lumpen,
In einen Klumpen
Zusammengeschlagen,
Zu Nachthäubchen und Kragen.
Es ist zum Entsetzen!
Dann eilt er zu netzen
Mit eau de mille fleurs,

Das Bette, die Stühle,
Den Teppich umher.
Von dumpfiger Schwüle
Merkt niemand was mehr;
Gemütlich und rein
Ist wieder das Zimmerlein klein.

Er legt sich selbst, wieder zum jungen Mann verwandelt, mit einem Hemde und Nachtjäckchen der Alten bekleidet, und einem Häubchen auf dem Kopfe ins Bette, nachdem er vorher die Tür geöffnet hat. Als er Rotkäppchen kommen hört, summte er das Lied vor sich hin:

»Alte Damen
Schmecken nicht übel
Mit einer Sauce
Von Lattich und Zwiebel.
Doch muss Schlüssel und Brillen
Man ihnen nehmen,
Sonst macht es im Magen
Ein hässliches Grämen.
Doch will ich nur sagen,
Ich war zu rasch.
Sie barg' in ihrer Tasch'
Noch einen Fingerhut,
Den hab' ich verschluckt nun
Und das tut nicht gut.
Es lässt nicht ruhen,
Ich muss mich wenden

Von einer Seite zur andern
Und möchte nach dem Doktor senden.«

Indem trat Rotkäppchen ein. »Schönen guten Tag, Großmama!«

»Bon jour, ma petite! Küss mir die Hand.«

»Was sangest du denn für ein Lied, Großmama, als ich hereintrat?«

»Hm, es wird wohl ein Lied aus dem Gesangbuch gewesen sein.«

»Es klang indes ziemlich fremdartig. Und warum wälzt du dich im Bette herum, Großmama?«

»Warum? Warum? Alberne Frage; weil ich noch verdammt hitziges Geblüt habe.«

»Hier ist der Kuchen, den ich dir mitgebracht.«

»Setz ihn vor die Tür. Ich mag keinen so ordinären Kuchen. Wenn's nicht Pastete ist, esse ich's nicht.«

»Ei, Großmutter – es war doch sonst dein Leibgericht.«

»Den Wein gib her, den will ich austrinken.«

»Was, Großmama! In einem Zuge hast du die ganze Flasche geleert! Das ist noch nie dagewesen.«

»Das glaub' ich; eine alte Frau, wie ich bin, ist auch noch nie da gewesen. Komm, kleine, setz dich hier auf den Bettrand, und nun gib mir einen Kuss.«

Rotkäppchen (aufschreiend): »Großmama! Du hast einen Bart!«

»Kind, Kind! Red' nicht so einfältig. Das ist der Schatten, den meine Nase wirft. Aber was hast du da an der Schulter? Einen roten Fleck! Ha! Was ist das?

Du hast doch nicht leichtfertige Bekanntschaften gemacht?«

»Gewiss nicht; wie käme ich dazu?«

»Ach, tu nur nicht so. Wie pflegt denn ein junges Mädchen zu dergleichen zu kommen? Man geht durch den Wald, der Weg ist einsam, da kommt ein junger Herr, nimmt uns beim Kopf, küsst uns, wirft uns nieder – siehst du so!«

Und damit nahm der böse Zauberer das arme Kind, warf sie zu sich ins Bette, und – draußen säuselten die Waldbäume und die Vögel sangen.

Die Vögel sangen und die Waldbäume säuselten.

Nach der zweiten bösen Tat, die der Zauberer jetzt vollführt hatte, nahm er wieder seine Wolfsgestalt an und – es ist entsetzlich zu sagen – verschlang auch das arme Rotkäppchen.

»Auf diese Weise«, sagte er sehr selbstzufrieden zu sich, »entgehe ich jeder lästigen Untersuchung, und mein kleines Abenteuer hinterlässt keine Spur.«

Vornehme Herrn
Amüsieren sich gern,
Doch wollen sie nicht,
Dass die Leute davon sprechen,
Sie ziehen nicht aus Licht,
Ihre kleinen Schwächen.
Als bestes Mittel,
Das Geheimnis zu wahren,
Auf mein Wort,
Tut sich erweisen,
Die Geliebte sofort
Aufzuspeisen.

Der Zauberer schlich sich jetzt als Wolf aus der Hütte. Er gedachte seinen Palast rasch zu erreichen, allein die Strafe für seine Untaten war noch rascher, Sie kam ihm dicht auf dem Fuße nach. Der junge Förster, Rotkäppchens Bräutigam, sah den Wolf schleichen, legte auf ihn an, tötete ihn, und sah noch einen Zipfel von Rotkäppchens Halstuch aus seinem Maule hängen. Sogleich ward ein geschickter Arzt geholt, der auch etwas von der Zauberei verstand, der öffnete dem Wolf den Magen und brachte glücklich die Großmutter und Rotkäppchen lebend aus demselben hervor. Wer war glücklicher als der Förster und die beiden Geretteten. Der Wolf aber blieb tot, und der Wald und die Umgegend waren somit von dem boshaften Zauberer befreit. Man sagt aber, dass die jungen Mädchen damit nicht zufrieden waren; sie hätten es lieber gesehen, wenn der Zauberer lebend geblieben wäre. Es gab sogar ein Lied unter ihnen, das so lautete:

Junge Mädchen
Sind dazu geschaffen,
Verspeist zu werden.
Ein recht hungriger Wolf
Ist ihnen das Liebste auf Erden.

Das Patenkind des Todes

Ulrich Jahn

Es war einmal ein armer Bauer, der hatte vierundzwanzig Kinder, und eines Tages wurde ihm sogar das fünfundzwanzigste geboren. Die andern Bauern waren schon zwei- und dreimal bei ihm zu Gevatter geladen und sahen ihn schief an, als sie von dem Kinde hörten. Darum machte er sich auf über Land, um einen Paten zu suchen. Da begegnete ihm der liebe Gott und bot sich ihm an zum Gevatter. »Nein«, sprach der Mann, »dich nehme ich nicht, du hältst es zu sehr mit den Reichen und lässt die Armen leer ausgehen.« Als der liebe Gott fortgegangen war, stellte sich der Wind ein und sprach: »Lass mich Gevatter stehen!« – »Dich mag ich erst recht nicht«, entgegnete der Bauer, »du bist noch ungerechter; du reißt bald diesem, bald jenem Haus und Scheune um, verfolgst aber vorzugsweise uns Arme.« Endlich stellte sich ein Mann ein, der sagte, er wäre der Tod, und erbot sich gleichfalls, die Gevatterschaft auf sich zu nehmen. Diesem sagte der Bauer freudig zu, denn er sei gerecht. Er schone weder reich noch arm, weder alt noch jung; wer heran müsse, müsse heran.

Der Tod stand also Gevatter und gab auch ein treffliches Patengeschenk; denn er sprach zu dem Bauern: »Lass deinen Sohn einen Doktor werden, so soll es ihm nicht an großem Ruhm und Kundschaft fehlen. Ich habe ihm die Gabe gegeben, dass er mich an den Krankenbetten erkennen kann. Stehe ich da zum Haupte des Bettes, so muss der Kranke sterben; stehe ich zu Füßen desselben, so bleibt er am Leben. Doch nur so lange werde ich ihm gewogen sein, als er so gerecht und unbestechlich ist, wie ich selbst bin.« Nachdem der Tod dies gesprochen, ging er seines Weges.

Wie er vorher gesagt, so geschah es auch. Der Knabe wuchs heran und hatte die wunderbare Gabe, das Ende eines jeden Kranken vorher zu sagen, weil er den Tod am Bette sehen konnte. Dadurch ward er bald ein weltberühmter Arzt und alles Volk strömte ihm zu. Stand der Tod zu den Füßen des Kranken, so machte er ihn gesund, so verzweifelt der Fall auch scheinen mochte; stand der Tod aber zu Häupter, so ließ er sich erst gar nicht auf große Kuren ein, sondern gab den Kranken sofort auf.

Nun wurde ein reicher Graf, der in seiner Nähe wohnte, todkrank, sodass kein Arzt ihm mehr helfen konnte. Da schickte er in seiner Not zu dem Wunderdoktor und bat ihn, er möge doch kommen. Mache er ihn gesund, so sollten 100.000 Goldgulden seine Belohnung sein. Der Doktor kam auch, sah aber sogleich, als er in das Krankenzimmer trat, dass keine Rettung mehr möglich sei; denn der Tod stand zum Haupte des Grafen. Er sprach darum: »Bestellt Euer Haus! Rettung ist nicht mehr möglich! Ihr müsst sterben!«

Als der Graf vernahm, dass auch der Wunderdoktor ihn aufgebe, da begann er zu weinen und zu wehklagen und bat ihn vom Himmel zur Hölle, ihm doch mit seiner Kunst zu helfen; auch schwur er ihm zu, dass er die 100.000 Goldgulden wirklich bekommen solle. Da begann sich die Habsucht in dem Patenkind des Todes zu regen und er beschloss, seinem Gevatter einen Streich zu spielen. »Ja«, sagte er, »wenn es so steht, will ich noch einmal helfen. Vier Diener her und dreht die Bettstelle um!« Die Bedienten taten, wie er befohlen, und der Graf war nicht wenig erstaunt, als ihm der Wunderdoktor erklärte, er würde jetzt wieder so gesund werden, wie je zuvor. Erst hielt er ihn für einen Betrüger, doch er hatte recht, von Stund an nahmen die Kräfte des Grafen zu, und nach wenigen Tagen war er völlig wieder hergestellt. Der Wunderdoktor aber erhielt die 100.000 Gulden bei Heller und Pfennig ausgezahlt.

Wie er sich nun eines Tages so recht über seine schlaue List und den schnell erworbenen Reichtum freute, öffnete sich die Türe, und der Tod trat herein. »Du bist ungerecht gewesen«, hub er an, »darum werde ich dich jetzt holen. Mach dich nur fertig!« Der Doktor suchte vergeblich die feinsten Ausreden hervor, der Tod blieb unerbittlich; da sprach er ganz traurig: »So lass mich wenigstens noch ein letztes Vaterunser beten, damit ich nicht in meinen Sünden von hinnen fahre.« – »Das soll geschehen«, sprach der Tod, und sein Patenkind begann: »Vater unser, der du bist im Himmel«, dann war es stille. – »Bete doch weiter«, drängte der Tod. – »Ach nein, das hat Zeit«, antwortete der Doktor; »den Schluss gedenke ich noch nicht so bald zu beten.« Da sah der Tod ein, dass er von seinem Paten zum zweiten Male betrogen war, und ärgerlich ging er von dannen.

In der Erntezeit musste der Doktor einst über Feld und sah im Landgraben einen halb verhungerten, sterbenden Bettler liegen. »Oh, bete für mich, bete«, schrie der Unglückliche, »damit meine Seele im Himmel angenommen werde! Oh bete doch nur ein Vaterunser!« Den Doktor jammerte des armen Mannes von ganzem Herzen und um ihn zu trösten, betete er das Vaterunser in aller Andacht her. Kaum hatte er aber Amen gesagt, so erhob sich der Bettler, lachte und rief: »Jetzt bist du mein und musst mir folgen.« War der Bettler der Tod gewesen, welcher seinem schlauen Patenkind ebenfalls mit List zu Leibe gegangen war.

Die beiden gingen nun zusammen weiter und weiter, bis sie an einen hohen, unermesslich großen Berg kamen. »Hier werde ich dir eine Herrlichkeit zeigen, die über alle Herrlichkeiten ist«, sagte der Tod und führte sein Patenkind durch ein Tor in den Berg hinein. Drinnen brannten tausend und aber tausend Lichter, dass das Auge geblendet wurde von all dem Glanz.

»Wo sind wir hier?«, fragte der Wunderdoktor. »Wir sind in dem Saale, wo die Lebenslichter aller Menschen brennen. Hier ist das deinige!«, versetzte der Tod. Da schaute der Doktor hin und erblickte auf seinem Leuchter ein ganz kleines Licht-Stümpfchen, dessen Docht beinahe verglimmt war. »Hab' ich denn kein längeres Licht?«, rief er erschrocken. »Du hattest ein langes, schieres Licht«, antwortete der Tod, »aber das hast du dem reichen Grafen geschenkt, als du mich betrogst.« Da griff das Patenkind des Todes in seiner Angst zu einem hellbrennenden Kinderlicht, um das auf seinen Leuchter zu stellen; aber es war zu spät. Ehe er so weit gekommen war, verlöschte sein Licht, und er fiel tot zu Boden. Das hatte er davon, dass er den Tod betrog.

Die Hand mit dem Messer

Brüder Grimm

Es war einmal ein kleines Mädchen, das hatte drei Brüder, die galten bei der Mutter alles, und es wurde überall zurückgesetzt, hat angefahren und musste tagtäglich morgens früh ausgehen, Torf zu graben auf dürrem Heidegrund, den sie zum Kochen und Brennen brauchten. Noch dazu bekam es ein altes und stumpfes Gerät, womit es die saure Arbeit verrichten sollte.

Aber das kleine Mädchen hatte einen Liebhaber, der war ein Elf und wohnte nahe an ihrer Mutter Haus in einem Hügel, und so oft es nun an dem Hügel vorbeikam, so streckte er seine Hand aus dem Fels, und hielt darin ein sehr scharfes Messer, das von sonderlicher Kraft war und alles durchschnitt. Mit diesem Messer schnitt sie den Torf bald heraus, ging vergnügt mit der nötigen Ladung heim, und wenn sie am Felsen vorbeikam, klopfte sie zweimal dran, so reichte die Hand heraus und nahm das Messer in Empfang.

Als aber die Mutter merkte, wie geschwind und leicht sie immer den Torf heimbrachte, erzählte sie den Brüdern, es müsste ihr gewiss jemand anders dabei helfen, sonst wäre es nicht möglich. Da schlichen ihr die Brüder nach und sahen, wie das Zaubermesser bekam, holten sie ein und drangen es ihr mit Gewalt ab. Darauf kehrte sie zurück, schlugen an den Felsen, als sie gewohnt war zu tun, und wie der gute Elf die Hand herausstreckte, schnitten sie sie ihm ab mit seinem selbsteigenem Messer. Der blutende Arm zog sich zurück und weil der Elf glaubte, seine Geliebte hätte es aus Verrat getan, so wurde er seitdem nimmermehr gesehen.

Das Totenhemdchen

Brüder Grimm

Es hatte eine Mutter ein Büblein von sieben Jahren, das war schön und sie hatte es lieber, wie alles auf der Welt. Auf einmal starb es, darüber konnte sich die Mutter nicht trösten und weinte Tag und Nacht. Als aber das Kind noch gar nicht lang begraben, so zeigte es sich in der Nacht an den Plätzen, wo es sonst gesessen und gespielt, und weinte die Mutter, so weinte es auch, aber wenn der Morgen kam, war es verschwunden. Als nun die Mutter gar nicht aufhören wollte zu weinen, kam es in einer Nacht mit seinem weißen Totenhemdchen, in dem es in den Sarg gelegt war, und mit dem Kränzchen auf dem Kopf, setzte sich zu ihren Füßen auf das Bett und sprach: »Ach Mutter, hör' doch auf zu weinen, sonst kann ich in meinem Sarge nicht einschlafen, denn mein Totenhemdchen wird gar nicht trocken von deinen Tränen, die alle darauf fallen.« Da erschrak die Mutter, als sie das hörte und weinte nicht mehr und in der andern Nacht kam das Kindchen wieder mit einem Lichtchen in der Hand und sagte: »Siehst du, nun ist mein Hemdchen bald trocken und ich habe Ruhe in meinem Grab.« Da befahl die Mutter dem lieben Gott ihr Leid und ertrug es still und geduldig und das Kind kam nicht wieder, sondern schlief in seinem unterirdischen Bettchen.

Der gescheite Hans. Erstes Märchen

Brüder Grimm

Hansens Mutter spricht: »Wohin Hans?« Hans antwortet: »Zur Gretel.« – »Machs gut Hans« – »Schon gut machen, Adies, Mutter« – Hans kommt zur Gretel: »Guten Tag Gretel.« – »Guten Hans: was bringst du Gutes?« – »Bring nichts, gegeben han.« –

Gretel schenkt dem Hans eine Nadel, Hans spricht: »Adies, Gretel.« – »Adies, Hans.« – Hans nimmt die Nadel und steckt sie in einen Heuwagen und geht hinterher nach Haus. »Guten Abend, Mutter.« – »Guten Abend Hans, wo bist du gewesen?« – »Bei der Gretel.« – »Was hast du ihr gebracht?« – »Nichts gebracht, gegeben hat« – »Was hat sie dir gegeben?« – »Nadel gegeben« – »Wo hast du die Nadel, Hans« – »In Heuwagen gesteckt.« – »Das hast du dumm gemacht, mussts an Ärmel stecken.« – »Tut nichts, besser machen.«

»Wohin Hans?« – »Zur Gretel.« – »Machs gut, Hans.« – »Schon gut machen, Adies, Mutter.« – Hans kommt zur Gretel: »Guten Tag, Gretel:« – »Guten Tag, Hans: was bringst du Gutes?« – »Bring nichts, gegeben han.«

Gretel schenkt dem Hans ein Messer. »Adies, Gretel« – »Adies, Hans« – Hans nimmt das Messer, steckts an den Ärmel und geht nach Haus. »Guten Abend, Mutter.« – »Guten Abend, Hans, wo bist du gewesen?« – »Bei der Gretel.« – »Was hast du ihr gebracht!« – »Nichts gebracht, gegeben hat?« »Was hat sie dir gegeben?« – »Messer gegeben.« – »Wo hast du das Messer Hans?« – »An den Ärmel gesteckt.« – »Das hast du dumm gemacht, mussts in die Tasche stecken.« – »Tut nichts, besser machen.«

»Wohin, Hans?« – »Zur Gretel.« – »Machs gut, Hans.« – »Schon gut machen, Adies, Mutter.« – Hans kommt zur Gretel: »Guten Tag, Gretel.« – »Guten Tag, Hans: was bringst du Gutes?« – »Bring nichts, gegeben han.«

Gretel schenkt dem Hans eine junge Ziege. »Adies, Gretel« – »Adies, Hans.« Hans nimmt die Ziege, bindet ihr die Beine und steckt sie in die Tasche, wie er nach Haus kommt, ist sie erstickt. »Guten Abend, Mutter.« – »Guten Abend, Hans, wo bist du gewesen?« – »Bei der Gretel.« – »Was hast du ihr gebracht?« »Nichts gebracht, gegeben hat.« – »Was hat sie dir gegeben?« – »Ziege gegeben.« – »Wo hast du die Ziege, Hans?« – »In die Tasche gesteckt« – »Das hast du dumm gemacht, Hans, mussts an ein Seil binden.« – »Tut nichts, besser machen.«

»Wohin Hans?« – »Zur Gretel.« – »Machs gut, Hans.« – »Schon gut machen, Adies, Mutter.« – Hans kommt zur Gretel: »Guten Tag, Gretel.« – »Guten Tag, Hans: was bringst du Gutes?« – »Bring nichts, gegeben han.« –

Gretel schenkt dem Hans ein Stück Speck. Hans bindet den Speck an ein Seil und schleifts hinter sich, die Hunde kommen und fressen es ab, wie er nach Haus kommt, ist das Seil leer. »Guten Abend, Mutter.« – »Guten Abend, Hans, wo bist du gewesen?« – »Bei der Gretel.« – »Was hast du ihr gebracht?« – »Nichts gebracht, gegeben hat.« – »Was hat sie dir gegeben?« – »Stück Speck gegeben?« – »Wo hast du den Speck, Hans?« – »Ans Seil gebunden, heim geführt, fort gewesen.« – »Das hast du dumm gemacht, Hans, mussts auf dem Kopf tragen.« – »Tut nichts, besser machen.«

»Wohin, Hans?« – »Zur Gretel.« – »Machs gut, Hans.« – »Schon gut machen, Adies, Mutter.« – Hans kommt zur Gretel: »Guten Tag, Gretel!« – »Guten Tag, Hans: Was bringst du Gutes?« – »Bring nichts gegeben han.« –

Gretel schenkt dem Hans ein Kalb, Hans setzt es auf den Kopf, und es zertritt ihm das Gesicht. – »Guten Abend, Mutter.« – »Guten Abend, Hans, wo bist du gewesen?« – »Bei der Gretel.« – »Was hast du ihr gebracht?« – »Nichts gebracht, gegeben hat.« »Was hat sie dir gegeben?« – »Kalb gegeben.« – »Wo hast du das Kalb, Hans?« – »Auf den Kopf gesetzt, Gesicht zertreten.« – »Das hast du dumm gemacht, Hans, mussts leiten und an die Raufe stellen.« – »Tut nichts, besser machen.«

»Wohin Hans?« – »Zur Gretel.« – »Machs gut, Hans.« – »Schon gut machen, Adies Mutter.« – »Guten Tag, Gretel.« – »Guten Tag, Hans: was bringst du Gutes?« – »Bring nichts, gegeben han.«

Gretel sagt: »Ich will mit dir gehen.« Hans bindet die Gretel an ein Seil, leitet sie, führt sie vor die Raufe und knüpft sie fest. »Guten Abend, Mutter.« – »Guten Abend, Hans: wo bist du gewesen?« – »Bei der Gretel.« – »Was hast du ihr gebracht.« – »Nichts gebracht, gegeben hat.« – »Was hat sie dir gegeben.« – »Gretel mitgegangen.« – »Wo hast du die Gretel.« – »Geleitet, vor die Raufe geknüpft, Gras vorgeworfen.« – »Das hast du dumm gemacht, musst ihr die Augen freundlich zuwerfen.« – »Tut nichts, besser machen.«

Hans geht in den Stall, sticht allen Kälbern und Schafen die Augen aus und wirft sie der Gretel ins Gesicht; da wird Gretel bös, reißt sich los, und läuft fort und ist Hansens Braut gewesen.

Blaubart

Johann Heinrich Lehnert

Es war einmal ein König, der sehr reich war; aber zu seinem eigenen Verdrusse hatte er einen blauen Bart, der ihn so widerlich und abschreckend machte, dass jeder, der ihn sah, sich vor ihm fürchtete.

Nun wohnte in seiner Nachbarschaft eine Witwe, welche drei Söhne und zwei Töchter hatte, die sich einander sehr liebten und sich halfen, wo sie nur konnten. Die jüngste Tochter hieß Trudchen, und war von großer Schönheit; Ännchen, die älteste, war zwar nicht so schön, aber gesetzt und verständig. Von diesen beiden Schwestern beschloss Blaubart eine zu heiraten.

In einem schönen goldenen Wagen, mit sechs Pferden bespannt, und von vielen prächtig gekleideten Dienern umgeben, fuhr er zu der Witwe, und begehrte von ihr das schöne Trudchen zur Gemahlin. Die Mutter war darüber sehr erfreut, denn sie hielt es für eine große Ehre, einen König zum Schwiegersohn zu haben, auch war es ihr lieb, dadurch ihr jüngstes Kind versorgt zu sehen, weil sie schon anfing, alt zu werden. Sie führte daher den König sogleich in das Gemach ihrer Töchter, damit sie sich sähen.

Als Trudchen hörte, dass der König sie zur Gemahlin erwählt habe, war sie gar nicht abgeneigt: Denn er war schön gewachsen, und sehr angenehm in seinem Betragen; aber wenn sie seinen blauen Bart ansah, so wurde ihr doch so graulich und ängstlich zu Mute, dass sie es sich gar nicht erklären konnte. So sehr ihr also auch die Mutter und die Brüder zuredeten, dem Könige zu folgen, so konnte sie sich doch lange nicht entschließen, ihm ihre Hand zu geben. Endlich jedoch willigte sie ein, nachdem ihr Schwester Ännchen versprochen hatte, sie zu begleiten und bei ihr zu bleiben. Aus ängstlicher Besorgnis ging sie aber vorher noch zu ihren Brüdern, welche sehr tapfere Ritter waren, und sprach: »Der König mit seinem blauen Barte erweckt mir eine heimliche Furcht, so oft ich ihn ansehe; wenn Ihr mir aber versprecht, mich von Zeit zu Zeit zu besuchen, und mich zu beschützen, wenn es mir etwa übel bei ihm gehen sollte, so will ich ihn nehmen.«

Das versprachen ihr die Brüder mit Hand und Mund, und der älteste gab ihr eine silberne Pfeife, die schallte viele Meilen weit, wenn man hineinstieß. »Nimm diese Pfeife«, sagte er, »und wenn dir irgend eine Gefahr drohen sollte, so blase hinein, und wir werden spornstreichs kommen und dir helfen.«

Nun war Trudchen zufrieden, küsste die Brüder, und nahm Abschied von ihnen und von der Mutter, und schied unter tausend Tränen; Ännchen aber begleitete sie, und reiste mit ihr.

Wie erstaunt waren sie aber, als sie in Blaubarts königlichem Palaste ankamen, und die Pracht und den Glanz sahen, der ihnen aus Sälen und Zimmern und

Schlafgemächern und den kostbarsten Gerätschaften entgegen schimmerte! Was ihre Augen wünschten, fand hier Trudchen, und alle Tage wurden unter immer neuen Vergnügungen und Lustbarkeiten zugebracht. Das gefiel Trudchen, und sie wäre ganz glücklich gewesen, wenn sie nicht jedes Mal ein heimliches Grauen empfunden hätte, so oft sie den blauen Bart des Königs ansah. Doch wusste ihr Ännchen immer wieder zuzureden und da sie in beständigen Zerstreuungen und Lustpartien lebte, so waren die widrigen Eindrücke auch nur von kurzer Dauer.

Drei bis vier Wochen mochte dies lustige Leben so gewährt haben, als eines Tages der König Blaubart zu seiner jungen Gemahlin sagte: »Ich muss verreisen, und dich auf einige Zeit verlassen. Hier hast du die Schlüssel zu allen Gemächern im Schlosse, zu den Gewölben, Kellern, Speichern und Kammern. Hüte sie wohl, dass du keinen verlierst. Ganz vorzüglich aber nimm diesen kleinen goldenen Schlüssel in Acht. Alle Türen im ganzen Hause magst du aufschließen, nur die Kammertüre nicht, wozu dieser kleine goldene Schlüssel passt; merke dir das recht, und höre auf meine Worte, wenn dir dein Leben lieb ist.«

Trudchen versprach, Alles zu tun, wie er es verlange, und sich der verbotenen Kammer nicht zu nahen, noch weniger sie zu berühren.

Als nun Blaubart abgereist war, öffnete sie nach und nach alle Gemächer und Kammern, die ihr nicht verboten waren. Welche Menge von Reichtümern und Schätzen erblickte sie da! Ganze Haufen waren hier von Silber, dort von Golde, viele sogar von Perlen und Edelsteinen aufgeschichtet. Andere Zimmer waren vollgehängt von ausgelegten Waffen, Purpurkleidern, Hermelin und Samt und Seide. Überall lagen die schönsten Teppiche ausgebreitet, Kronenleuchter schimmerten im wunderbarsten Glanze, und an den Wänden herum hingen ungeheure Spiegel, in welchen man sich von Kopf bis zu Fuße sehen konnte, und die mit breiten goldenen und silbernen Rahmen eingefasst waren.

Kein Zimmer hatte Trudchen nunmehr unbesucht gelassen, nur die verbotene Kammer am Ende der langen Galerie war noch übrig, wozu der kleine goldene Schlüssel führte. So oft sie diesen ansah, wurde auch ihre Neugier immer von neuem rege, sie zu öffnen, um zu erfahren, was darin enthalten sein möchte. Kein Essen oder Trinken wollte ihr mehr schmecken, und des Nachts konnte sie davor nicht schlafen. Gewiss hätte sie sich schon am andern Tage hineingewagt, hätte nicht Schwester Ännchen sie gewarnt und abgehalten. Doch am dritten Tage konnte sie ihre Neugier nicht länger bezwingen. Sie nahm heimlich das Schlüsselchen und trat mit pochendem Herzen an die geheimnisvolle Kammer. Da dachte sie noch einmal an das Verbot des Königs und seinen angedrohten Zorn; doch die Versuchung war so groß und der Gedanke: »Wer wird es sehen oder verraten?«, gab ihr endlich Mut, dass sie alle Bedenklichkeiten überwand, und den Schlüssel in das Schloss steckte, und leise, leise die Türe öffnete.

Anfangs sah sie gar nichts, denn es war ziemlich dunkel in dem Gemache; bald aber bemerkte sie, wie der ganze Boden mit geronnenem Blute bedeckt war, und längs der Wand eine Menge Leichname hingen. Das waren Alles Weiber von Blaubart, die er nacheinander geheiratet, und hernach gemordet hatte.

Bei diesem Anblick erschrak sie so heftig, dass sie die Türe gleich wieder zuschlug, aber der Schlüssel sprang dabei heraus, und fiel in das Blut. Geschwind hob sie ihn auf und wollte das Blut abwischen; aber es war umsonst, sie mochte waschen und reiben, so viel sie wollte, der rote Fleck wich vor keinem Waschen und Scheuern. Endlich am Abend, nachdem sie Alles vergeblich versucht hatte, legte sie ihn ins Heu, das sollte die Nacht das Blut ausziehen.

Tages darauf kam Blaubart zurück, und das Erste war, dass er die Schlüssel forderte. Trudchen gab sich alle Mühe, sich so viel möglich unbefangen und fröhlich zu stellen, und brachte die Schlüssel. Blaubart nahm sie, zählte sie nach, und sprach: »Hier fehlt einer! Wo ist der Schlüssel zu der verbotenen Kammer?« Dabei sah er ihr scharf in die Augen. Sie aber zitterte an allen Gliedern, und wurde blutrot im Gesichte, und stammelte ängstlich: »Ich weiß nicht, er muss oben liegen; ich will ihn hernach suchen.« – »Schaff' ihn den Augenblick«, schrie Blaubart mit fürchterlicher Stimme, »ich muss ihn gleich haben!« Da erschrak Trudchen abermals, und sagte: »Ich will dir nur gestehen, ich habe den Schlüssel im Heu verloren.« Mit zürnenden Blicken entgegnete Blaubart:

»Du hast ihn nicht verloren, versteckt hast du ihn im Heu, damit er die roten Flecke verlieren soll.* Hol' ihn den Augenblick, oder ich schleppe dich in die Blutkammer, wo es dir gehen soll, wie den Andern!«

Da holte sie den Schlüssel, welcher noch voller Blutflecke war, und gestand alles, und beschwor ihn mit allen Zeichen der aufrichtigsten Reue, ihr nur dies Mal zu vergeben. Er aber blieb hart wie ein Stein und war durchaus nicht zu erweichen. »Vorwärts, hinauf in die Kammer!«, schrie er. »Bereite dich zum Tode, denn du musst sterben!« Bebend vor Angst umfasste sie seine Knie, benetzte sie mit heißen Tränen, und bat um ihr Leben. Aber er riss sich los, ergriff ein großes Messer, und schrie wieder: »Vorwärts auf die Kammer!«

»Weil Euch denn nichts erweicht«, sagte hierauf Trudchen, und nahm allen ihren Mut zusammen, »so vergönnt mir wenigstens noch eine Stunde Zeit, dass ich bete, und mich zum Tode vorbereite.«

»Wohlan, es sei!«, erwiderte Blaubart. »Geh' auf dein Zimmer und bete, und bereite dich zum Tode; aber nur eine halbe Stunde, und keine Minute mehr.«

Nun war kein Augenblick für die Arme zu verlieren. Sie lief eiligst hinauf zu ihrer Schwester Ännchen, fiel ihr um den Hals, und erzählte ihr weinend und schluchzend ihr Unglück. Da gedachte Ännchen der Pfeife, die ihr die Brüder gegeben, trat auf den Erker vor dem Fenster, und stieß drei Mal hi-

* Diese Stelle bezieht sich auf den Irrglauben, Heu würde Flüssigkeit aufsaugen.

nein, so laut sie nur konnte, dass die Luft erbebte, und der Widerhall vom Walde zurückscholl. Trudchen aber warf sich auf die Knie und betete, während ihre Schwester auf dem Erker blieb und ins Feld schaute, ob die Brüder kamen.

Jetzt hatte Trudchen ausgebetet und fragte: »Anna, Schwester Anna, siehst du nichts?« Und Ännchen antwortete:

»Ich seh' die Sonne funkeln,
und den Wald dunkeln,
sonst seh' ich nichts!«

Voller Angst betete Trudchen abermals und als sie bis zum Amen gekommen war, fragte sie wieder: »Anna, Schwester Anna, siehst du nichts?« Und Ännchen antwortete:

»Ich seh' die Sonne funkeln,
und den Wald dunkeln,
sonst seh' ich nichts!«

Da rief Blaubart: »Komm, oder ich hole dich!« – »Ach, nur noch einen Augenblick!«, antwortete Trudchen bittend, und fragte wieder: »Anna, liebe Schwester Anna, siehst du noch nichts?«

»Ja«, sagte Ännchen, »ich sehe eine große Staubwolke sich heranwälzen, aber die Brüder erkenne ich nicht.«

Wiederum schrie Blaubart: »Wirst du noch nicht kommen?« – Und Trudchen erwiderte: »Nur noch einen einzigen Augenblick!«, kniete dann halbtot nieder, und rief: »Anna, Schwester Anna, siehst du noch nichts?«

»Ich sehe zwei Reiter, sie sind aber noch weit weg!«, erwiderte Ännchen; gleich darauf aber rief sie: »Gott sei gelobt, es sind die Brüder! Ich winke ihnen, so viel ich kann.«

Jetzt war aber auch Blaubarts Geduld zu Ende; mit fürchterlichem Getöse stieg er die Treppe hinauf, um Trudchen in die Blutkammer zu schleppen. Schon hatte er die Türe aufgebrochen, und das arme Trudchen an den Haaren ergriffen, als plötzlich die Brüder hereinstürmten, und ihn mit ihren Schwertern niederhieben, als er eben der unglücklichen Schwester das tötende Messer ins Herz stechen wollte.

Voll Freude, ihre Schwester gerettet zu haben, hingen sie nun den Wüterich in der Blutkammer auf, wo er Trudchen den Platz zugedacht hatte, und räumten alle seine Schätze aus den Kammern, welche ihre Schwester erbte. Darauf steckten sie das Haus in Brand und rissen es nieder, dass kein Stein auf dem andern blieb.

Selbstmörder kehrt wieder

Johann Wilhelm Wolf

Es geschah im Jahre 1591, auf einen Freitag, und zwar am 20. September, dass sich ein Schuhmacher in einer bekannten Stadt Schlesiens die Gurgel abschnitt. Weil das nun eine große Schande für die Familie gegeben hätte, wenn es ausgekommen wäre, tat die Witwe alles Mögliche, um die Sache geheim zu halten: Sie sagte nur ihren Schwestern davon und die Leiche wurde so sorgfältig mit Tüchern bewunden und bewickelt, dass kein Mensch etwas merkte und ein Jeder glaubte, der Schuster sei am Schlage gestorben. Man läutete auch die Glocken in der Kirche und hielt dem Toten ein ganz prächtiges Begräbnis; viele trauerten dabei um ihn, denn er hatte sich stets als ein redlicher und guter Bürger betragen und die Liebe der ganzen Stadt sich zu erwerben gewusst. Das dauerte ungefähr sechs Wochen; da verbreitete sich plötzlich überall das Gerücht, der Schuster habe selbst seinem Leben ein Ende gemacht. Die Witwe hielt sich jedoch fest bei dem Gegenteil und klagte selbst bei dem Senate der Stadt gegen mehrere, die davon erzählt hatten. Währenddessen erschien mit einem Male ein Gespenst, dem Toten in allem ganz ähnlich, und das zeigte sich nicht nur nachts, sondern selbst am hellen Mittag; zumeist begann es aber seinen Spuk beim Einbruche der Abenddämmerung. In dem Augenblicke war nun Niemand in der Stadt mehr ruhig; jeder schaute besorgt umher, ob er den Geist nicht sehe. Am meisten waren die Arbeitsleute geplagt, die vom Tagewerk müde nach Ruhe verlangten; bisweilen sahen sie das Gespenst nur an der Türe stehend, oft aber warf es sich auf die Betten und drückte die Schlummernden also, dass sie keinen Atem schöpfen und noch weniger schreien konnten und am Morgen blaue und blutige Male hatten. Sehr viele wagten sich nicht mehr auf ihre Schlafkammern, sondern hielten sich zusammen und verbrachten die Nacht in den Wohn- und Speisestuben; doch half dies selbst nicht immer, denn der Geist kam auch da zu ihnen und ließ ihnen keine Ruhe. Acht Monate lang währte diese Qual: als nun immer neue Klagen darüber an den Senat kamen, da ließ dieser endlich am 18. April des Jahres 1592 um ein Uhr Nachts das Grab öffnen und man fand zu allgemeiner Verwunderung die Leiche noch ganz unversehrt und die Halswunde frischrot. Bis zum 24. April blieb die Leiche ausgestellt, sodass jedermann sie schauen konnte, und es war großer Zulauf von Volk. Da verordnete der Senat, dass die Leiche zum andern Male und zwar auf dem Schandplatze* begraben würde, doch das half nichts und der Geist trieb sein Wesen, wie vorher, sodass man sich genötigt sah, die Leiche nochmals ausgraben zu lassen. Man schnitt nun das Haupt und die übrigen Glieder ab, warf den Rumpf auf einen Holzstoß und verbrannte ihn: die Asche aber füllte man in Säcke und streute sie in den Fluss. Seitdem war es ruhig und zeigte der Spuk sich nicht weiter.

* Sünderfriedhof.

Dieb will seine Haut wiederhaben

Johann Wilhelm Wolf

Ein Kerl, der sich durch viele Diebstähle des Strickes wohl wert gemacht hatte, wurde doch insofern begnadigt, dass er durchs Schwert starb. Ein gelehrter Doktor ersuchte den Magistrat, ihm die Leiche zu überlassen, damit er sie von seinen Studenten zerschneiden könne, welches ihm auch willig zugestanden wurde. Nachdem er nun den Leichnam zerschnitte, gab er die Haut einem Gerber, um dieselbe fürder* zu säubern und bestens zuzubereiten. Während der Meister nun eines Mittags an dem Felle arbeitete, trat der Missetäter ohne Haupt und ohne Haut auf ihn zu; er war schrecklich anzuschauen, denn man sah jeden Muskel an seinem Leibe. Nachdem er eine Weile dagestanden, rief er dem Gerber, neben dem seine Hausfrau stand, welche zufällig in der Gerberei war, zu: »Gib mir meine Haut wieder!« Einige Zeit nachher kam er noch einmal wieder und forderte sich seine Haut, doch der Gerbermeister ließ ihn rufen und kümmerte sich nicht um ihn: er blieb auch endlich aus. Der Meister übrigens hatte doch einen so großen Schreck davongetragen, dass er drei Tage krank zu Bette lag.

* Vom gegenwärtigen Zeitpunkt an.

Hans holt sich eine Frau

Ernst Meier

Es waren einmal drei Brüder, von denen wollten zwei auf Reisen gehen, um sich eine Frau auszusuchen. Sprach die Mutter: »Nehmt nur auch den Hans mit; denn für sich allein bekommt der sonst doch nie ein Weib.« Der Hans nämlich der war der jüngste und war über die Maßen dumm. Da nahmen ihn endlich die Brüder mit, verlangten aber, dass er ihnen überall folgen müsse. Ja, das wollte er auch. – Nun besuchten sie zuerst ein Wirtshaus, darin war ein hübsches Mädchen; sie sagten aber vorher dem Hans, er solle ihnen hier nur keine Schande machen und nicht so viel essen wie zu Haus; deshalb wollten sie ihm ein Zeichen geben und unter den Tisch klopfen, wenn er genug habe und aufhören müsse. Ja, der Hans wollte wohl Acht geben und sich genau danach richten.

Da trug sich's zu, als sie in dem Wirtshause bei Tisch saßen und dem Hans die Linsensuppe gar zu gut schmeckte, dass der Hund unter dem Tische mit seinem Schwanze unter die Tischdecke schlug, also, dass der Hans meinte, seine Brüder gäben ihm das verabredete Zeichen und alsbald seinen Löffel niederlegte und nicht mehr essen wollte, so sehr ihn auch die Wirtin und ihre Tochter dazu nötigten. Auch die Brüder forderten ihn auf, er solle nur noch mehr essen; allein Hans meinte, sie sagten das nur so, damit die Wirtin nichts von dem gegebenen Zeichen merken sollte. Er hatte aber in der Tat erst sehr wenig gegessen. Deshalb sagte er zu seinen Brüdern, als sie zu Bett gehen wollten: »Ich halt's nicht aus, ich muss noch etwas zu essen haben!« Da verspotteten sie ihn noch, dass er durch den Hund sich hatte täuschen lassen, sagten aber, wenn er's gar nicht aushalten könne, so solle er nur in die Küche gehen, dort stehe noch eine ganze Schüssel voll Linsen. Da machte Hans sich auf den Weg und fand auch richtig in der Küche die Linsenschüssel und aß sie rein aus mit seiner Hand, kam dann zu den Brüdern zurück und wollte am Betttuch sich abtrocknen; die Brüder aber schickten ihn fort an den Brunnen, dort solle er sich erst waschen. Hans ging hin und fand am Brunnen einen Krug, der mit Wasser gefüllt war, steckte seine Hand hinein und spülte sie drin ab, konnte sie aber nicht wieder herausbringen, weil er sie zusammenballte. Deshalb kam er mit dem Kruge zu seinen Brüdern und klagte ihnen seine Not. Sie sagten ihm aber: »Ei, so zerschlag ihn doch am Brunnen, da wird er schon heruntergehen!« Das tat er denn auch.

Als Hans nun eben den Krug zerschlagen hatte, kam die schöne Wirtstochter und wollte noch einen frischen Trunk für die Nacht holen. Hans aber nicht faul, fasste das Mädchen mit seinen starken Armen und trug's schnell fort zum Dorf hinaus, es mochte sich wehren und schreien, so viel es wollte, und kam nach wenigen Stunden damit zum Hause seiner Mutter und sagte: »Da hab' ich eine Frau!«, dass die Mutter sich nicht genug verwundern konnte. Dann ging er zu Bett und die Wirtstochter musste an seiner Seite liegen. Da schnarchte der Hans nun bald aus Leibeskräften, dass es dem armen Mädchen schier angst wurde und sie dachte: »Ach, wärst du nur erst wieder fort und bei deiner Mutter!« – Endlich, als auch Hans seine Mutter fest schlief, stand sie ganz sacht auf und schlich sich aus der Kammer und suchte durch den Ziegenstall aus dem Hause zu kommen. Vorher aber band sie erst die Ziege los und führte sie in die Kammer und legte die dem Hans ins Bett; dann machte sie, dass sie fort kam.

Als Hansens Mutter am andern Morgen aufwachte, rief sie: »Hans, Hans, lieber Hans, hast Du auch deine Frau noch?« Da erwachte der Hans aus seinem gesunden Schlafe und sprach: »Ich will mal zufühlen!« und langte zur Seite und sagte: »Ja Mutter, sie ist noch da; aber sie ist ganz haarig.« – »Ach Narr, sprach die Mutter, das kommt Dir nur so vor!« – »Nein Mutter, sagte Hans, ich habe noch mal zugefühlt, sie ist über und über voller Haare!« – »Ach Hans, Du bist nicht recht gescheit, sagte die Mutter, fühl nur recht zu!« Da fühlte der Hans noch einmal hin und sagte: »Ach Mutter, sie hat auch ein Horn!« – »Um Gottes willen, rief die Mutter, das wird doch der Teufel nicht sein!« – »Ach Mutter, sie hat zwei Hörner!«, sagte Hans nach einer Weile und konnte das gar nicht begreifen. Die Mutter aber stand auf und zündete ein Licht an, und meinte nicht anders, als dass es der leibhaftige Teufel sei und besprengte ihn mit Weihwasser, auf das er ihr und ihrem Hans keinen Schaden zufügen könne.

Als es endlich Tag wurde, erkannte die Mutter ihre Ziege und führte sie wieder in den Stall. – Hans aber sagte, er wolle es wohl bleiben lassen, sich noch einmal eine Frau zu holen, weil diese ihm sogleich wieder davon gelaufen sei.

Die böse Frau

Adalbert Kuhn

Es war einmal ein Mann, der war gar klug, denn er verstand die Sprache der Tiere, aber so klug er auch war, so konnte er doch seine böse Frau nicht recht im Zaum halten. Nun traf sich's einmal, dass er in seinem Hofe saß und dem Gespräche der Tiere zuhörte, da das aber grade einen gar lustigen Gegenstand betraf, lachte er laut auf und das sah seine Frau. Nun drang sie mit großer Heftigkeit in ihn, denn sie war auch gar neugierig, er solle ihr doch erzählen, worüber er gelacht habe, allein so gern er es auch gemocht hätte, um sie nur zufrieden zu stellen, so durfte er es doch nicht, denn es hätte ihm sonst sein Leben gekostet. Er schlug es ihr daher ab, aber dadurch wurde das Weib nur um so ungeduldiger und jähzorniger und überhäufte ihn mit vielen Schmähungen und Vorwürfen, und sagte, dass er immer Heimlichkeiten vor ihr habe; so ging's von einem Tage zum andern, sodass der Mann zuletzt ganz traurig und betrübt wurde und mit gesenktem Haupte daher ging, indem er sann, wie er es wohl ändern könnte. Da ging er auch in den Hof und sah, wie der Hahn lustig umherlief und sein lautes »Kikeriki« erschallen ließ, der Hund aber war ganz still und sprach zum Hahn: »Wie kannst du nur so lustig sein, da doch unser Herr so traurig ist wegen seines bösen Weibes, das ihm keine Ruhe lässt.« »Ich denke«, entgegnete der Hahn, »es wird sich wohl noch mit ihm ändern, er braucht sich ja nur an mir ein Beispiel zu nehmen, ich habe über hundert Frauen, aber wehe der, die mir nicht gehorchen wollte, ich würde ihr augenblicklich die Augen aus dem Kopfe hacken; und er hat doch nur die eine und sollte nicht mit ihr fertig werden?« – Das hörte der Herr mit Vergnügen an, denn er sah ein, der Hahn habe recht; er ging daher sogleich in sein Haus, nahm die Peitsche und hieb damit tüchtig auf seine Frau los, indem er sie fragte, ob sie noch Verlangen trage, zu wissen, weshalb er gelacht habe. Da kroch sie sogleich zu Kreuze und hat nie in ihrem Leben wieder verlangt, ihres Mannes Geheimnisse zu wissen, und sie haben von da an glücklich und zufrieden gelebt bis an ihr Ende.

Die Frau und der Mann vom Galgen

*Karl Spiegel**

Es war einmal eine Frau, die war krank und es hat der Mann geräuchertes Fleisch holen müssen. Erst hat keins gegeben. Jetzt ist er auf einen Berg hinauf. Da war ein aufgehenkter Mann dran. Dem hat er die Rippen rausgeschnitten. Dann ist er heimgegangen, dann ist gekocht worden, dann hat's seiner Frau recht gut geschmeckt. Erst nachts ist der Aufgehängte gekommen und der hat immer gesagt: »Oh weh, meine Rippen, oh weh, meine Rippen.« Dann haben sie sich recht gefürchtet. Es hat die Frau zum Mann gesagt: »Geh hinaus.« Es hat sich der nicht getraut. Es hat der Mann gesagt, die Frau soll hinaus. Es ist die Frau hinausgegangen. Es hat der Tot gesagt: »Du hast's gefressen.«

* Aus mittelfränkischer Mundart übertragen von Julian Auringer

Die Hexen in Rodenberg

Carl und Theodor Colshorn

Ein Müller hatte eine Frau, das war eine Hexe. Eines Abends wollte sie nicht zu Bette; der Mann aber schalt so lange, bis sie mitging. Um Mitternacht wachte der Müller auf und hörte, wie seine Frau einen Topf unter ihrem Bette hervorzog und gleich darauf dreimal sagte:

»Du bist rein,
du bist fein,
vor der Leinstraße in dem Keller musst du sein!«

Da war die Frau eine Katze und flog auf einem großen Schwein davon. Der Müller schlug Licht an und untersuchte den Topf; es war aber nichts als Wasser drin. Nun weckte er den Knecht und wollte ihn nach dem Keller schicken; der Knecht jedoch weigerte sich. »Hast du ein gutes Gewissen«, sprach der Müller, »so geh ruhig hin.« »Ein gutes Gewissen habe ich«, erwiderte der Knecht; »gebt mir Geld für ein Schwert, so gehe ich hin.« Das tat der Müller; der Knecht kaufte sich ein gutes Schwert und ging hin. Schon vor dem Keller hörte er, wie es drinnen tanzte und lärmte; und als er hineinkam, sah er, wie Hunderte von Katzen miteinander tanzten. Da nahm er sein gutes Schwert und hieb wacker drauf los, hieb den Katzen Ohren und Pfoten ab wie nichts Gutes, und eine Katze schnitt er mitten durch. Um eins kam für jede Hexe ein Schwein durchs Kellerloch und weil die eine tot war, blieb ein Schwein ledig. Auf dasselbe schwang sich flugs der Knecht und ritt davon; dies Schwein aber flog nicht, sondern ging wie andere Schweine. Als sie immer noch nicht heimkamen, rief der Knecht: »Du läufst ja wie eine Schnecke!« Da waren sie an einem Graben; das Tier sprang hinüber, warf den Reiter ab und verschwand. Bald ward es Tag, und der Knecht suchte nach seiner Heimat; er musste aber hundert Jahre wandern, bis er hingelangte, und war also das Schwein doch rechtschaffen gelaufen.

Ein Mann und eine Frau schliefen zusammen in einer Kammer; der Mann aber hielt seine Frau für eine Hexe und sie war es auch. Eines Nachts wachte jener auf und hörte neben sich Geräusch; er horchte, und siehe, seine Frage zog einen Topf voll Salbe unter dem Bett hervor, bestrich sich damit und sagte dreimal:

»Du bist rein,
du bist fein,
vor der Leinstraße in dem Keller musst du sein!«

Da war sie eine graue Katze; und das Fenster sprang auf, ein Schwein flog herein, nahm die Katze auf den borstigen Rücken und flog mit ihr aus dem offenen Fenster in die dunkle Nacht. Es war aber gerade um zwölf. – Rasch kleidete der erschrockene Ehemann, der seine Frau immer so lieb gehabt hatte, sich an, tunkte in den Topf, bestrich sich mit der Salbe und sagte dabei den Spruch dreimal; er sagte ihn aber jedes Mal falsch her und deswegen half es ihm nichts. So nahm er denn eilig einen schweren Stock und ein gutes Schwert zu sich, ging nach der Leinstraße und kam bald an einen Keller, in welchem getanzt und gelärmt wurde. Rasch trat er ein, und siehe! Viele Katzen tanzten nach einer gar kläglichen Musik, die ein großer Bock auf einem ausgetrockneten und ausgehöhlten toten Kater machte. Da nahm der Mann das Schwert in die linke, den Stock in die rechte Hand und schlug aus Leibeskräften auf die Katzen los, der einen hieb er ein Ohr vom Kopf, der andern zerquetschte er ein Bein, der dritten schnitt er ein Stück vom Maul, der vierten schlug er Zähne ein, und war ein Gewinsel und Geheul, wie sonst noch nie gewesen. Das dauerte, bis es eins schlug; da kamen so viele Schweine durchs Kellerloch, als Katzen da waren, und flogen mit diesen davon. Der Mann begab sich auch nach Haus und legte sich ganz traurig ins Bett; seine Frau war schon da. Am andern Morgen stand diese gar nicht auf. Der Mann besah sie und sie hatte an der rechten Hand nur vier Finger; der Goldfinger* mit dem Ringe war fort. Da sah er sie so eigen an, dass sie vor Schreck ihren Geist aufgab. Noch den-

* Ringfinger.

selben Tag zeigte der Mann die Geschichte an; da umstellte die Obrigkeit den Keller mit Soldaten, und als diese dem Tanze zwei Nächte zugesehen hatten, legten sie in der dritten Feuer an das Haus und verbrannten alles, was drinnen war.

Mädchen dient in der Hölle

Anton Birlinger

In Schmiechen (oder auch Blaubeuren) war mal ein Mädchen, dessen bitterböse Stiefmutter es eines Tages von Hause fortjagte mit den Worten: »Geh' fort in des Teufels Namen!« Das arme Ding kam immer tiefer und tiefer in einen Wald, der sehr groß war. Da kommt ein grüner Jägersmann, tut, als ob er Mitleid hätte und sagte zu ihm, ob es nicht wolle mit ihm gehen und bei ihm dienen. Das Mädchen willigte ein. Der Jäger aber war Niemand anders als der Teufel, den es nicht kannte. Sie gingen miteinander und kamen bald in die Hölle. Hier musste das Mädchen weiter nichts tun, als zwei Häfen schüren, ohne aber hineingucken zu dürfen.

Da ging der Teufel mal wieder fort. Jetzt lugte es vorwitzig in die beiden Häfen und sah zu seinem großen Schrecken seinen Vater in einem und im andern seine Mutter; schürte aus Angst immer stärker. Hätte es das nicht getan, so wäre es ihm übel gegangen, denn der Teufel sagte, als er zurück kam, hätte es das nicht getan, so hätte er's in Stücke zerrissen. Nach sieben Jahren endlich war der Dienst abgelaufen und das Mädchen durfte wieder auf die Oberwelt, wusste aber nicht, wie ihm geschehen und wie es heraufgekommen. Es war ganz schwarz von Hautfarbe und blieb es auch sein Leben lang. Seine Nahrung in der Hölle waren die Brotreste, wie es sagte, von solchen Brotlaiben, über die auf der Welt beim Anschneiden oder Verschneiden das Kreuz nicht gemacht wurde.

Das Sennentunscheli auf Wyssenboden

Josef Müller

Die drei Knechte der Alp Wyssenboden in der Gemeinde Bürglen sagten eines Tages zu einander: »Miër settet doch äu äs Wybervolch ha!«[*] Da küferten[**] sie aus Blätzen[***] einen Dittitolgg[****] zusammen und nannten ihn Zurrimutzi, und wenn sie ihren Reisbrei aßen, sagten sie zu ihm: »Da friss äu!«, und strichen ihm davon in das Gesicht. Endlich fing der Tolgg[*****] an zu essen. Er versah ihnen die Hausfrau, kochte, wusch und flickte und half das Vieh hüten und melken. Er redete auch, aber nur mit dem Senn. Sie trieben mit dem Tunscheli allerlei Gugelfuhr[******] und nahmen es abwechslungsweise zu sich in das Bett. Als der Herbst nahte, machten sie mit einander aus: »Der Toggel müess de da blybä, der nähme-m'r de nitt mid-is.«[*******] Am Tage der Abfahrt half er ihnen noch das Vieh zusammentreiben. Als sie aber mir nichts dir nichts, nu kissmis nu läckmis, abziehen wollten, da kam er zur Spra-

[*] »Wir sollen doch auch eine Frau haben!«

[**] Basteln.

[***] Stoff oder Stofffetzen.

[****] Puppe.

[*****] Puppe.

[******] Späße.

[*******] »Die Puppe muss dableiben, die nehmen wir nicht mit.«

che, stellte sich in aller Breite vor die Älpler hin, die Hände in die Hüfte gestemmt, und sagte zornig: »So! d'r ganz Summer han-n-ich g'hulfä schaffä-n- und wärchä; jetz g'heert m'r äu ä Freid. Ich müess fryli dablybä, aber Einä von ych müess äu dablybä!«* Da erschmyeten** und erbleichten sie. Aber es gab keine Gnade. Einer musste dahinten bleiben. Jetzt warfen sie das Los, und es traf den Senn. Die zwei andern durften gehen, aber nicht zurückschauen, bevor sie die Alpmark hinter sich hatten. Als sie die Grenze überschritten, kehrten sie sich um, um noch einen letzten Blick zurückzuwerfen. Da bot sich ihren Augen ein Schauspiel, das ihnen das Herz im Leibe zittern machte. Auf dem Hüttendach schwingen das Zurrimutzi*** und der Senn mit einander; nach langem, hartem Ringen wird der Toggel Meister und wirft den Senn, der einen Mark und Bein erschütternden Schrei hören lässt, nieder, ergreift das Messer, kniet auf ihn, schindet ihn bei lebendigem Leibe und breitet die bluttriefende Haut auf dem Hüttendach aus.

* »So! Den ganzen Sommer habe ich euch beim Schaffen und Arbeiten geholfen; jetzt gebt mir einen Freund. Ich muss freilich dableiben, aber einer von euch muss auch dableiben.«

** Still werden.

*** Puppe.

Vom dicken fetten Pfannkuchen

Carl und Theodor Colshorn

Es waren einmal drei alte Weiber, welche gern einen Pfannkuchen essen wollten; da gab die erste ein Ei dazu her, die zweite Milch und die dritte Fett und Mehl. Als der dicke fette Pfannkuchen fertig war, richtete er sich in der Pfanne in die Höhe und lief den drei alten Weibern weg und lief immerzu und lief kanntapper, kanntapper in den Wald hinein. Da begegnete ihm ein Häschen und rief: »Dicke fette Pannekauken, blief stahn, eck will di fräten!« Der Pfannkuchen antwortete: »Eck bin drei olen Wiebern entlopen un schölle di Häschen Wippsteert nich entlopen?«, und lief kanntapper, kanntapper in den Wald hinein. Da kam ein Wolf heran gelaufen und rief: »Dicke fette Pannekauken, blief stahn, eck will di fräten!« Der Pfannkuchen antwortete: »Eck bin drei olen Wiebern entlopen, Häschen Wippsteert und schölle di Wulf Dicksteert nich entlopen?«, und lief kanntapper, kanntapper in den Wald hinein. Da kam eine Ziege herzugehüpft und rief: »Dicke fette Pannekauken, blief stahn, eck will di fräten!« Der Pfannkuchen antwortete: »Eck bin drei olen Wiebern entlopen, Häschen Wippsteert, Wulf Dicksteert und schölle di Zicke Langbart nich entlopen?«, und lief kanntapper, kanntapper in den Wald hinein. Da kam ein Pferd herbeigesprungen und rief:

»Dicke fette Pannekauken, blief stahn, eck will di fräten!« Der Pfannkuchen antwortete: »Eck bin drei olen Wiebern entlopen, Häschen Wippsteert, Wulf Dicksteert, Zicke Langbart un schölle di Perd Plattfaut nich entlopen?«, und lief kanntapper, kanntapper in den Wald hinein. Da kam eine Sau dahergerannt und rief: »Dicke fette Pannekauken, blief stahn, eck will di fräten!« Der Pfannkuchen antwortete: »Eck bin drei olen Wiebern entlopen, Häschen Wippsteert, Wulf Dicksteert, Zicke Langbart, Perd Plattfaut un schölle di Su Haff nich entlopen?«, und lief kanntapper, kanntapper in den Wald hinein. Da kamen drei Kinder daher, die hatten keinen Vater und keine Mutter mehr und sprachen: »Lieber Pfannkuchen, bleib stehen! Wir haben noch nichts gegessen den ganzen Tag!« Da sprang der dicke fette Pfannkuchen den Kindern in den Korb und ließ sich von ihnen essen.

Nachwort

»Die alten Grimms waren aber auch nicht ohne!«, tönt es bisweilen aus den Mündern jener Museumsbesucher, deren Erziehung noch von Märchen und Sagen geprägt war, wenn während einer Führung wieder einmal der grausige Inhalt einer griechischen Vasenmalerei genauer erklärt wird. Alle nicken dann wissend. »Dass Rotkäppchen von Geschlechtsverkehr handelt, kann ich mir gar nicht vorstellen!«, hört man gelegentlich von empörten Studenten, die nur noch wenige Märchen kennen oder dessen Märchenwissen sich auf die Filme Walt Disneys stützt. »Ich wäre so gerne eine Märchenprinzessin, die endlich ihren Traumprinz findet!«, rufen viele junge Mädchen, die bei ihrem Wunsch vergessen, welches Leid eine Protagonistin im Laufe ihrer Geschichte durchleben muss, ehe sie endlich von ihrem Prinzen erlöst wird.

Märchen, so wird schnell deutlich, sind im kollektiven Bewusstsein noch immer fest als Kindergeschichten verankert, an die viele jedoch den ein oder anderen unangenehmen Gedanken knüpfen. Etwa an die Hexe aus *Hänsel und Grethel* oder auch an diverse (Stief-)Mütter sowie schaurige Anmerkungen zu Folter, Mord und Kannibalismus. Geschichten, die uns zwar als Kind bisweilen mit Grauen erfüllten, doch mit den Jahren ihr Unbehagen verloren. Doch wo ist dieses Unwohlsein, dieser Schrecken hin, der immer auch die Märchenlektüre begleitete?

Ein Blick auf den Buchmarkt zeigt schnell: Der Fokus liegt heute zumeist auf Märchen für Kinder. Zwar sind inzwischen alle wichtigen Textfassungen der Brüder Grimm erhältlich, auch unbekanntere Autoren wie Birlinger oder Bartsch werden nach und nach erschlossen – Editionen mit besonders grausigen Märchen bleiben jedoch Einzelfälle und sind demnach umso wichtiger, um jene Autoren und ihre Texte ins Bewusstsein einer größeren Öffentlichkeit zu heben.

Wie aber kam es zu der Überzeugung, Märchen seien vor allem an Kinder gerichtet? Immerhin nennt sich das berühmteste Märchenbuch *Kinder- und Hausmärchen*, also steht es doch schon im Titel. Oder handelt es sich hier um ein Missverständnis? Als zu Beginn des 19. Jahrhunderts die Grimms ihre Märchensammlung veröffentlichten, galten Kindheit und Jugend gerade erst als solche entdeckt. Was sich für Kinder eignet und was nicht, darüber war man sich noch nicht einig, denn noch wenige Jahrhunderte zuvor wurden Kinder noch wie kleine Erwachsene behandelt. Es wurde experimentiert, man denke etwa an Heinrich Hoffmanns *Struwwelpeter*, ein ebenfalls nicht zimperliches Buch, oder Pädagoginnen wie Karoline Stahl, von der sich einige Texte auch in vorliegendem Band finden. Weiterhin wird übersehen, dass es sich bei den *Kinder- und Hausmärchen* nicht nur um Kinder-, sondern auch Hausmärchen handelt, Märchen also, die man zu Hause rezipierte. Das Alter spielte dabei keine Rolle. Vielmehr kam man am Abend zusammen und trug sich Geschichten vor, so, wie man heute seine Zeit vor dem Fernseher verbringt. Es muss also nicht verwundern, dass neben kinderfreundlichen Texten auch Texte, die sich ganz deutlich an Erwachsene richten, Einzug in die Sammlung fanden.

Auch erfanden oder erlebten, wie im Fantasyfilm *Brothers Grimm* (2005) angedeutet, die Brüder Grimm ›ihre‹ Märchen nicht, sondern ließen sie sich – zumeist von Frauen aus gutem Hause – zutragen, sammelten in Bibliotheken, glichen die verschiedenen Fassungen ab und schufen neue Versionen, die in sechs weiteren Editionen nach und nach an die Bedürfnisse der Leser angepasst und vor allem verharmlost wurden (eine Ausnahme bildet *Der Räuberbräutigam*, den man in seiner Brutalität deutlich verschärfte, wobei eine einst nur angedeutete Vergewaltigung nun im Detail geschildert wird). Schneewittchen etwa, in der handschriftlichen Urfassung von 1810 noch, einer Marionette gleich, mit einem Seil an vier Ecken eines Zimmers aufgespannt, wird in der Ausgabe letzter Hand von den Dienern ihres künftigen Gemahls lediglich fortgetragen, ehe sie über einen Stein stolpert, der giftige Apfel entweicht und das Mädchen wieder zum Leben erwacht.

Es wäre auch falsch, die Brüder Grimm als einzige Märchensammler ihrer Zeit zu sehen. Durchstöbert man die Bibliotheken nach alternativen Märchensammlungen, lassen sich zahlreiche Editionen diverser Autoren unterschiedlichster Qualität auftreiben, in denen sich ebenso zahlreiche Märchen finden. Ihnen gemeinsam: Es werden immer wieder sehr ähnliche Themen behandelt. Und so regional unterschiedlich die Texte auch ausfallen, bestimmte Dinge bleiben im Kern immer gleich: Mütter oder Stiefmütter, die ihre

Kinder nicht lieben; Väter, die ihre Töchter auf unnatürliche Weise ›lieben‹; Väter, die ihre Kinder auf Drängen der (Stief-)Mutter im Wald aussetzen; Väter, die in eine Notlage geraten und ihre Töchter an Frösche (oder Tiere im Allgemeinen), Hexen oder Monster verkaufen; Hass auf die Jugend usw.

Einige der Motive, die sich in den Märchentexten dieser Edition finden, sollen etwas genauer betrachtet werden, denn sie tragen bisweilen zu einer Verknüpfung der Märchen untereinander bei und zeigen, dass der Begriff ›grausig‹ nicht immer nur die Sicht des Lesers spiegelt, denn obgleich die Bandbreite der Furcht und des Schauers auch von dessen persönlichen Ängsten definiert wird, fallen viele Motive universell aus. Eine Prinzessin etwa, die vorgibt, Leichen zu essen und auf ihren zukünftigen Gemahl so abschreckend wirkt, dass dieser nur unter gutem Zureden eines Fremden Nacht um Nacht verweilt und ihr von Angst und Ekel erfüllt zuschaut, findet sich, in den Rollenbildern leicht abgewandelt, in einem chinesischen *Shaw-Brothers-Film* von 1977 *(Die Bruderschaft der gelben Höllenhunde)*. Auch heute noch von Relevanz, wurde das Märchen Johann Wilhelm Wolfs jüngst vom Schweizer Komponisten Luigi Laveglia in seinem Werk *Verschollene Märchen* vertont. Oder denken wir an den sprechenden Pfannkuchen, der sich in wunderbar verdrehtem Dialekt zu äußern versteht. Scheinbar grundverschieden in der Wahl der Zielgruppe vereinen beide Märchen das Motiv der Anthropophagie, also des Verzehrs von Menschenfleisch (auch wenn im Fall des anthropomorphen

Pfannkuchens eher ein menschenähnliches Wesen verzehrt wird). Ein Motiv, das sich in dieser Sammlung in mehreren Märchen findet: Auch in *Wie Kinder Schlachtens miteinander gespielt haben, Aschenpüster (Aschenputtel), Schneewittchen, Der Mäuseturm, Die Kinder in Hungersnot, Schneewittchen, Dornröschen, Der Räuberbräutigam, Rotkäppchen, Die Frau und der Mann vom Galgen* sowie *Hänsel und Grethel* (hier in der frühen Fassung *Nennillo und Nennella*) geht es um die Frage, wer was (oder wen) verspeist.

Hänsel und Grethel etwa erzählt von zwei Kindern, deren Lage sich nur scheinbar verschlechtert, denn ihre Situation ist immer auch von der Nahrungsbeschaffung gekennzeichnet: Im Elternhaus mangelt es an Nahrung, was ihre Stiefmutter dazu veranlasst, sie mit Hilfe des Vaters (und in der hier abgedruckten Variante unter Androhung der Beischlafverweigerung) auszusetzen. Im Haus der Hexe indes gibt es Nahrung im Überfluss und vor allem Hänsel befindet sich nun in akuter Gefahr, selbst verkostet zu werden. Grethel durchlebt indes einen Emanzipationsprozess, der ihr abverlangt, sich nicht von ihrer Gegenspielerin verführen zu lassen und ihre Stelle einzunehmen, sondern ihren Bruder zu befreien. Ist die Hexe besiegt, verschwindet auf wundersame Weise auch die eigene Stiefmutter. Popkulturell wurde dieses Thema immer wieder bearbeitet, etwa in *Geschichten aus der Schattenwelt* (1990), einem Episodenfilm, der in der Rahmenhandlung eindeutig *Hänsel und Grethel* zitiert, aber auch Motive aus *1001 Nacht* sowie *Blaubart* miteinander verwebt – oder jüngst in den Kinofilmen *The Visit* (2015) und *Gretel und Hänsel* (2020).

Ein weiterer prominenter Akt des Gegessenwerdens dominiert auch *Rotkäppchen*, hier in einer Variante, die sich noch nicht der heute bekannten Märchenform bedient, sondern zwischenzeitig vom Prosatext zum Drama wechselt und in seiner Form bisweilen Erinnerungen an Albert Ludwig Grimm – nicht verwandt mit den bekannten Märchenbrüdern – wachruft. Wenig überraschend muss der Wolf immer auch als Motiv für zudringliche Herren gelesen werden. So lautet die Moral bei Charles Perrault: »Ich sage *der Wolf*, weil nicht alle Wölfe von gleicher Art sind. […] doch ach! wer weiß es nicht, dass die sanften Wölfe unter den Wölfen die allergefährlichsten sind.« Bei Ungern-Sternberg hingegen ist der Wolf eigentlich ein Zauberer, der den hübschen Mädchen als Gentleman entgegentritt und die weniger Ansehnlichen verspeist. Doch mehr: Geben sich die Mädchen ihm nicht freiwillig hin, so vergewaltigt er sie und verwandelt sich erst dann zum Wolf, um seine Spuren zu verwischen, ganz getreu dem Motto: Wo kein Opfer, da kein Täter.

Betrachten wir nun die Symbole des Märchens und wie sie von den verschiedenen Autoren verwendet wurden. Die Brüder Grimm etwa zeigen sich vordergründig züchtig, schlagen in ihrer Motivik jedoch an einer Stelle eine eindeutig sexuell konnotierte Richtung ein, denn nur hier wird der Wolf für seine Männlichkeit – bzw. die Unfähigkeit, gebären zu können – verhöhnt, wie Erich Fromm zu bedenken gibt. Die Einverleibung der Großmutter und des Rotkäppchens wird, so Fromm, mit einer vorgegebenen Schwangerschaft gleichgesetzt, die wiederum mit dem Aufschneiden des Wolfs und der anschließenden Füllung seines Leibes mit Steinen, dem Symbol der Unfruchtbarkeit (ein Motiv, das man auch in *Der Wolf und die sieben Geißlein* findet), verspottet wird.* Ein Idee, die so nur bei den Brüdern Grimm auftaucht und auch deshalb so heraussticht, weil ihnen zwei unterschiedliche Fassungen zugetragen wurden, von denen nur eine jenes Motiv aufweist. Weitere sexuelle Andeutungen finden sich bei ihnen sonst nur im Ansatz und fallen überdies höchst lustfeindlich aus. Da wäre einerseits die Farbe Rot. Immer ambivalent, symbolisiert sie sowohl das Leben als auch den Tod. Rote Äpfel können besonders reif sein – oder, wie in *Schneewittchen*, todbringend. Eine Frau in roten Gewändern wirkt auf Männer besonders anziehend und doch umgibt sie eine gewisse Vulgarität. So wie das Blut rot ist und gleichermaßen für Leben als auch Tod steht, muss die Farbe immer auch auf diese Art gelesen werden. Erich Fromm ist sich dieses Umstandes bewusst und sieht im *Rotkäppchen* folgerichtig ein Motiv für die Menstruation, für das etwa die Abkehr vom direkten Weg, aber auch das Zerbrechen des Glases bzw. der Weinflasche steht. Die Warnung der Mutter kommt hier der Warnung vor der eigenen Sexualität gleich. Rotkäppchen, das wie Dorothy Gale in der

* Erich Fromm: *Märchen, Mythen, Träume. Eine Einführung in das Verständnis einer vergessenen Sprache.* Deutsch von Liselotte und Ernst Mickel. Hamburg 1981, S. 160.

Verfilmung von *Der Zauberer von Oz* (1939) von einer schwarz-weißen Welt in eine Welt des farblichen Überflusses eintritt, den Wandel zur Frau vollzieht, in der ihre Gegenspielerin aus Kansas nun nicht mehr die verbitterte ›Dorfhexe‹ Miss Gulch, sondern die böse Hexe des Zauberlandes Oz ist, muss nun lernen, selbst zu entscheiden und zu handeln. Oder man denke an Vítězslav Nezvals Roman *Valerie a týden divů* (*Valerie und die Woche der Wunder*, 1945) in der die gewohnte Welt sich mit dem Einsetzen der ersten Menstruation zu einem gefährlichen Ort wandelt, der von allerlei unzüchtigen Menschen und Fabelwesen bewohnt wird. Was für Dorothy Gale die Hexe und der Weg zum Zauberer sind, stellen für Rotkäppchen der Weg zur Großmutter und der Wolf dar. Es ist nun das erste Mal, dass sie sich über die Verbote der Mutter hinwegzusetzen traut, sich umschaut und, die schönen Blumen des Waldes betrachtend, dem Gesang der Vögel lauscht und nicht hastet, als ginge sie zur Schule (einem Ort der Sittlichkeit), sondern der Lustigkeit des Waldes frönt.* Auch Bruno Bettelheim sieht in der Abkehr vom direkten Weg das Verlassen des Pfades der Tugend.** Profaner wird die Metaphorik, wenn man die Sexualität des Wolfes (des Mannes), als das zielorientierte sexuelle Voranschreiten des Mannes mit der Sexualität der Frau gleichsetzt, die sich die Zeit nimmt, die sie braucht, um ans Ziel zu

* Brüder Grimm: *Kinder- und Hausmärchen.* Band 1. Stuttgart 2001, S. 157–158.

** Vgl. Bruno Bettelheim: *Kinder brauchen Märchen.* München 1980, S. 200.

gelangen. Rotkäppchen indes, noch unerfahren, muss sich erst selbst entdecken. Passend dazu auch Bettelheims Verweis auf eine französische Variante, in der das Tier Rotkäppchen drängt, Teile der Großmutter zu essen und ihr Blut zu trinken, wovor die Stimmen (seiner Opfer) sie warnen.*

Ungern-Sternberg indes erfasst die sexuelle Bedeutung des Märchens sehr genau, arbeitet sie deutlich heraus. Seine *Braunen Märchen*, die fast 40 Jahre nach den *Kinder- und Hausmärchen* veröffentlicht wurden, standen unter dem Anreiz, der deutschen Literaturszene ein wenig von der Derbheit der französischen oder englischen Literatur im Sinne eines Jonathan Swift hinzuzufügen. Explizit wünscht er sich im Vorwort, dass in Deutschland, nachdem sich bereits Märchen für Kinder etablierten, nun auch »die Prüderie, die auf unserer schöngeistigen Literatur wie ein Alp« liegt, »zu weichen beginnt, wir auch das frivol-witzige Märchen bekommen.«** Und er fordert, mit jenen, die über die Poesie und den Anstand wachen, in den Dialog zu treten und eine Erweiterung der konventionellen Anstandsformen, des Sagbaren, zu fordern, denn bisher schnüre sie der Poesie die Kehle zu.*** Ähnlich wie Frank Zappa, der in den 1980er-Jahren gegen die Zensur in der Musik kämpfte, die auf dem Umstand

* Vgl. Bruno Bettelheim: *Kinder brauchen Märchen*. München 1980, S. 193.

** Vgl. Alexander Ungern-Sternberg: *Braune Märchen*. Bremen 1850, S. IX.

*** Vgl. ebd.

fußte, dass eine Mutter ihrem Kind ein schlüpfriges Prince-Album geschenkt hatte und sich nun dazu berufen fühlte, ihr eigenes ästhetisches Empfinden (und das ihrer Tochter) der Nation aufzuzwingen, warnte Sternberg bereits 1850 vor der Zensur durch die Empfindlichkeiten einiger Einzelpersonen, die auf Gruppen übertragen werden:

»Es klingt fast, als wenn nur Mütter und Töchter in der Welt existierten. Gibt es nicht auch Männer, ihr Poeten? Und werdet ihr nicht endlich die Männer völlig von der Literatur wegscheuchen, wenn ihr bei diesen kläglichen, prüden und unwahren Darstellungen beharrt? Wehe der feigen Poesie, die sich des Anteils am Beifall der Männer begibt! Und dann sind ja auch Frauen da, edle Frauen, die das Leben kennend, mit keuschem Sinn einem freien Scherze gern sich hingeben. Sind jene Männer, sind diese Frauen für euch außerhalb der Literatur? Dann seid ihr zu beklagen, und eure Bücher sind's noch mehr. Ihr werdet beide schnell vergessen sein.«*

Motivation genug, um munter drauflos zu fabulieren, sich von den domestizierten Märchen aus besseren Häusern abzusetzen. Ungern-Sternberg fügt seinen Märchen eigene Ideen hinzu und kommt damit dem Geist des Märchens, der noch durch die Perrault'schen Fassungen wehte, deutlich näher als die berühmten Märchenbrüder, geriet dann jedoch, ironischerweise, in Vergessenheit.

* Vgl. ebd. S. XI–XII.

Ein anderes Beispiel für den Verzehr von Menschenfleisch findet sich bei Johann Wilhelm Wolf. *Die Leichenfresserin* taucht zwar bereits bei den Brüdern Grimm auf, jedoch erst im Nachlass, in dem sich z. B. auch *Fürchten lernen* befindet. Anders als in der Fassung Wolfs ist die Prinzessin hier jedoch nicht schön, sondern »so schwarz wie ein Rabe und so hässlich, dass man ordentlich angst wurde, wenn man sie ansah; und sie brüllte wie ein Tier und war ganz unklug.«* Ihr wird nun auf eigenes Bitten ein Grab gemauert, dass sechs Soldaten bewachen, die jede Nacht ausgetauscht werden müssen, da sie von der Prinzessin umgebracht werden. Nach zwei Jahren des fröhlichen Massensterbens (2190 Opfer) trifft der König einen Jungen, der in seinen Dienst als Schuster oder Schneider treten will und letztendlich eine Stelle als Soldat bekommt. Halte er es eine Nacht bei seiner Tochter aus, so dürfe er sich die Position im Militär selbst aussuchen. Der Junge fürchtet sich nun in der Grabesstätte, doch ein Männlein rät ihm, die Wacht auszuhalten. Die Prinzessin indes schlägt ihn mit einem Säbel blutig. Drei Nächte verstreichen, dann ist die Prinzessin erlöst, »ganz schneehagelweiß […] und glänzend wie die Sonne«.** Alle toten Soldaten erwachen wieder zum Leben und man erfährt, dass der Vater sich einst ein Kind wünschte, auch wenn es wie der Teufel sei, und dass dieser Wunsch sie verfluchte. Varianten

* Vgl. Johannes Bolte und Georg Polívа: *Anmerkungen zu den Kinder- u. Hausmärchen der Brüder Grimm.* Dritter Band. Nr. 121–225. Leipzig 1918, S. 531.

** Vgl. ebd. S. 533.

dieses Märchens finden sich in ganz Deutschland, aber auch in Norwegen, Island, Frankreich, Italien, Rumänien und anderen Ländern. Nikolai Gogol verfasste 1835 eine ähnliche, jedoch weitaus dämonischere Geschichte *(Vij)*, die ebenfalls eine Nachtwache am Grab einer besessenen Frau beinhaltet – jedoch wird der Protagonist von Dämonen heimgesucht und stirbt vor Angst. Wolfs Prinzessin indes bricht ihren Opfern ›lediglich‹ das Genick und verspeist sie.

Manchmal aber ist die Lust auf Fleisch auch anders motiviert. Die Brüder Grimm etwa erzählen von der Not, die zur bösen Tat verleitet. In *Die Kinder in Hungersnot* gerät eine Frau mit zwei Töchtern in Armut, es gelingt ihr und ihren Kindern aber nicht, ausreichend Nahrung zu beschaffen. Letztendlich wollen die Kinder sich »niederlegen und schlafen, und nicht eher wieder aufstehen, als bis der jüngste Tag kommt«, eine deutliche Anspielung an den Tod, denn gute Christenmenschen ruhen, bis zum jüngsten Gericht. Die Frau in *Die Frau und der Mann vom Galgen* indes verspürt Hunger, handelt aber nicht aus Not heraus. Hier lohnt ebenfalls ein Blick auf die verschiedenen Varianten. Bei den Brüdern Grimm zu finden in den Bruchstücken unter dem Namen *Der Mann vom Galgen*, ist es hier die Frau selbst, die, da sie Gäste erwartet, aber kein Fleisch mehr im Haus hat, zum Galgen geht und einem Toten die Leber herausschneidet, diese brät und ihren Gästen vorsetzt (Erinnerungen an *Schneewittchen* werden deutlich). Zur Geisterstunde klopf es an der Tür, der Tote begehrt Einlass. Ihm fehlen sowohl Haare als auch Augen und er weist eine Wunde am Leib auf. Die Frau fragt nun, wo denn Haare, Augen und Leber seien, der Tote antwortet: »Die hat mir der Wind abgeweht«, »die haben mir die Raben ausgehackt« und »die hast du gefressen«.* Das Märchen basiert, so Bolte und Polívа, u. a. auf dem Volkslied *Lumpl und Leber*. Die Varianten sind vielfältig. In Rothenburg ob der Tauber nimmt die Frau seine Rippe, in Schlesien liegt die hier abgedruckte Fassung vor, in Cottbus holt die Frau ihrem Mann nur ein Stück der Leber – der Tote dreht ihr später den Hals um usw. Andere Varianten gibt es in den Niederlanden (Lende), Dänemark, England, Frankreich, Italien (Eingeweide) oder (in starker Abwandlung) Malaysia. Wolfs *Dieb will seine Haut wiederhaben* zählt zu diesen Varianten. Bolte und Polívа wissen noch grausigeres aus der Toskana zu berichten: Drei blutarme Schwestern frieren des Nachts und stehlen aus dem Grab der Mutter das Hemd, den Unterrock und die Strümpfe. Die jüngste reißt versehentlich das Bein der Mutter ab. Später klopft die Mutter an die Tür und erwürgt die Übeltäterin.**

Besonders grausig ist der Umstand, in dem der Tod durch ein missverstandenes Spiel entsteht. *Wie Kinder Schlachtens miteinander gespielt haben* erzählt von einer Familientragödie, die Kinder in Schlachter und Schlachtvieh einteilt – lediglich die Messer stellen sich als real heraus und so endet das freudige Kinderspiel im Massaker. Oft tritt aber auch die Stiefmutter

* Vgl. ebd. S. 478.

** Vgl. ebd. S. 478 ff.

als (heimliche) Kannibalin auf, etwa in *Schneewittchen* oder *Dornröschen*. Charles Perraults Version vom Märchen der schlafenden Schönen endet nicht mit der Erlösung des Mädchens, sondern erzählt danach die Geschichte ihrer ersten Liebesjahre mit dem Prinzen, in dessen Verwandtschaft eine Kannibalin ihr Unwesen treibt und das Mädchen und ihre Kinder auf den Speiseplan setzt. Die Brüder Grimm verschweigen diesen Umstand nicht, jedoch verwenden sie den zweiten Teil des Märchens in *Die Schwiegermutter** als eigenständige Geschichte. Bei Giambattista Basile indes reißt das Mädchen sich einen Flachssplitter ein und fällt in den Tiefschlaf. Ein König findet und vergewaltigt sie, während sie noch schläft, sie gebiert in diesem Zustand zwei Kinder, die eines Tages anstatt an ihrer Brust an ihrem Finger saugen, bis der Splitter herausgleitet und sie erwacht (man denke an *Schneewittchen* und den Apfel).

Ein anderes Motiv, das sich oft im Märchen findet, ist das Amphibium als Ehepartner. Der Frosch bzw. die Kröte erfüllt den Leser mit eigenwilligem Schauer. In dieser Sammlung ist er etwa durch *Der Froschprinz* (Brüder Grimm), *Der verwunschene Frosch* (Carl und Theodor Colshorn), Märchen von der Unke (Brüder Grimm) und *Eine Mordtat durch eine Kröte entdeckt* (Karoline Stahl) vertreten. *Der verwunschene Frosch* erinnert an *Rapunzel* und *Aschenputtel*: Ein Vater verreist und soll seinen Töchtern ein Geschenk mitbringen. Während zwei sich modische Gegenstände von

* Brüder Grimm: *Kinder- und Hausmärchen*. 1812.

höchster Qualität wünschen, bittet die jüngste Tochter lediglich um eine dreifarbige Rose. Eine solche Rose findet der Vater in einem Garten und wird beim Diebstahl der Blume entdeckt. Er muss wählen: den eigenen Tod in Kauf nehmen – oder den Frosch mit der jüngsten Tochter verheiraten. Und da das eigene Wohl im Märchen oft dem anderer Menschen vorgezogen wird, man denke etwa an *Rapunzel*, stellt der liebende Vater bald den neuen Gemahl seiner Tochter vor. Dass es sich nicht um Liebe auf den ersten Blick handelt, scheint überdeutlich, und so gewinnt der Frosch das Herz des Mädchens durch Musik. Nachdem sie ihn endlich zu sich ins Bett nimmt – die Metaphorik scheint hier eindeutig –, verwandelt sich das glitschige Amphibium zum schönsten Königssohn. In *Der Froschprinz* hingegen bittet die Prinzessin den Frosch um Hilfe und triumphiert letztendlich über ihre Schwestern, indem sie sich dem Frosch hingibt (hier hüpft er – deutlich keuscher – unter das Kopfkissen der Angebeteten) und dieser sich in einen schönen Prinz verwandelt. Beide Märchen erzählen folglich von einer gewissen Selbstüberwindung, der Suche des Schönen im Hässlichen, dem Wert von Versprechungen. Doch das Motiv des Frosches erschließt sich erst durch *Märchen von der Unke* und *Eine Mordtat durch eine Kröte entdeckt.* In beiden Texten verbindet der Frosch die Welt der Lebenden mit der Welt der Toten. Als die Unke verschwindet, stirbt auch bald das Kind und es ist der Frosch bzw. die Kröte, der/die einen scheußlichen Mord aufklärt, denn sein Hauptmerkmal als Amphibium ist es, zwei Welten miteinander zu verbinden. Eine Welt, die Oberwelt, ist für uns alle erfahrbar, während die untere Welt (die Unterwelt) uns weitestgehend verborgen bleibt. Das Amphibium hingegen kennt beide Welten gut, wandelt zwischen ihnen. Es ist im Wasser ebenso daheim wie an Land. Und so ist es in allen Froschmärchen jenes Tier, das uns – ähnlich Kermit dem Frosch als hyperaktivem Moderator der *Muppet-Show* – in die magische bzw. verborgene Welt einführt. Zuletzt verwendete man das Motiv des Amphibiums als Wandler zwischen den Welten etwa in Darren Aronofskys ›Mother!‹ (2017), denn bevor der Wahnsinn endgültig Einzug in die Welt der Protagonistin hält, sie eine geheime Tür entdeckt, begegnet ihr eine Kröte. In der christlichen Ikonografie hingegen gilt der Frosch als »Sinnbild der Sündhaftigkeit und des Teufels [...]. Im Mittelalter gehörten Frösche auch zu den Begleitern von Hexen, Froschknöchelchen wurden beim Liebeszauber eingesetzt.«*

Doch der Frosch bietet noch mehr. Bruno Bettelheim spricht in *Kinder brauchen Märchen* (1980) vom Motiv des Tierbräutigams, zu denen er z. B. auch *Blaubart* oder *Die Schöne und das Biest* zählt. Märchen dieser Art wohnt die Idee inne, dass sich, was man als tierisch empfindet, plötzlich zum erstrebenswerten Glück wandeln kann. Besonders wird dieser Wandel in *Der Froschkönig*, denn das Motiv der pubertären Wandlung vom Mädchen zur sexuell empfindenden Frau wirkt hier noch deutlicher als etwa in *Rotkäppchen*. Bei Grimm zu

* Hildegard Kretschmer: *Lexikon der Symbole und Attribute in der Kunst*. Stuttgart 2011, S. 143–144.

Beginn noch mit einem Ball spielend, ist sie schon in der nächsten Nacht zur Frau gereift – in anderen Fassungen, so Bettelheim, tritt der Reifeprozess erst nach drei Wochen ein. Der Ball stehe hier für das narzisstische Selbst und sein Fall in den dunklen Brunnen (die verborgene Welt) für den Verlust der Unschuld. Die Klage der Protagonistin sei Ausdruck des Wunsches der Rückkehr zur naiven Kindlichkeit. Nun erwachsen, muss sie sich ihren selbst auferlegten Verpflichtungen stellen und das Tier zu sich ins Bett lassen, was die Angst in einer Zornestat gipfeln lässt, an deren Ende der Frosch mit voller Wucht an die Wand geworfen wird. Nun erscheint, was dem Mädchen bislang verborgen war: Der Frosch ist in Wahrheit ein wunderschöner Prinz. Bettelheim gibt zudem zu bedenken, dass sich hier ein Wandel vom narzisstischen Ich hin zum fühlenden Ich vollzieht, die Ausrichtung auf den Ball der Liebe hin zur Ausrichtung auf den Tierbräutigam verschiebe. Weiterhin erfahre der Leser, dass der erste erotische Kontakt nicht immer als lustvolles Erlebnis verlaufe, da er mit Angst einhergehe (man vergleiche hierzu auch die Ausführungen zu *Rotkäppchen*).* Hier lohnt ein Vergleich vom ersten Kontakt und der Art, mit der die Prinzessin ihr Versprechen einzulösen gedenkt. In *Der Froschprinz* ekeln sich die Schwestern vor dem Amphibium, lediglich die dritte Schwester geht einen Handel ein. Nachdem das Versprechen schon wieder vergessen ist, ruft der Frosch am Abend nach ihr und sie öffnet dem Tier

* Vgl. Bruno Bettelheim: *Kinder brauchen Märchen*. München 1980, S. 335 ff.

die Tür. Der Frosch schreitet aber nicht direkt zur Tat, sondern erobert zunächst das Herz des Mädchens. In *Der verwunschene Frosch* hingegen zeigen sich, wie bereits erwähnt, Parallelen zu *Aschenputtel*, doch auch *Die Schöne und das Biest* kennt ähnliche Handlungsweisen, denn hier geht der Vater den Handel ein. Der Ekel vor dem Frosch nimmt überhand und das Mädchen fällt in Ohnmacht. Erst als sie erwacht, gelingt es dem Amphibium, das Herz der zur Frau gereiften Tochter zu erweichen, und es wandelt sich zum schönen Königssohn. Bettelheim erwähnt weiterhin, dass der Frosch auch sonst im Märchen oft mit Sexualität in Verbindung gebracht wird. Sei es als Empfängnisverkünder in *Dornröschen* oder durch den Umstand, dass seine Haptik an das Gefühl von Geschlechtsorganen erinnere: »Vorbewusst bringt das Kind das klebrige, feuchtkalte Gefühl beim Anfassen eines Froschs oder einer Kröte in Zusammenhang mit ähnlichen Empfindungen, die es mit den Geschlechtsorganen verbindet. Die Fähigkeit des Frosches, sich aufzublasen, wenn er erregt ist, weckt – ebenfalls unbewusst – Assoziationen zur Fähigkeit des Penis, sich aufzurichten.«*

Abseits aller Motivik soll ein letzter Exkurs zu einem der absurdesten Märchen führen. Es handelt sich um *Eine Gefälligkeit ist der andern wert* von Christian August Vulpius. Heute beinahe in Vergessenheit geraten, schrieb er neben zahlreichen Romanen und Theaterstücken auch diverse Märchen- und Sagensamm-

* Vgl. ebd.

lungen die, wie sein Werk im Allgemeinen, auf wenig Gegenliebe der Kritiker stieß, bei den Lesern indes umso beliebter war und z. B. Karl May maßgeblich inspirierte. Seine *Erzählungen aus der Ritter- und Geister-Welt* von 1792 wurde von Kritikern verrissen, die *Allgemeine Literatur-Zeitung* verweist auf Musäus, der die Geschichte des bartscherenden Geistes in den *Volksmährchen der Deutschen* bearbeitete, und nennt Vulpius einen Stümper, der »von Neuem in der Überzeugung bestärkt [...], dass in Werken des Genies die Wahl des Sujets gewöhnlich eine sehr gleichgültige Sache [ist], alles hingegen auf die Art ankomme, wie der gewählte Stoff behandelt wird, und auf den Geist dessen, der ihn behandelt.«* Ein Urteil, das dem Weimarer Autor bereits aus Schulzeiten bekannt gewesen sein dürfte, in der man ihm immerhin bestätigte, »nicht dumm zu sein«.** Musäus hingegen verpackt die Geschichte um den Geisterbarbier in ein umfangreicheres Märchen. Was bei Vulpius zum Hauptthema erhoben wird, ist bei Musäus nur ein Erlebnis von vielen. Ein Sohn, der das Erbe seines Vaters restlos ausgibt, lebt fortan in Armut und verliebt sich in die ebenso arme wie kluge, hübsche und gut erzogene Tochter einer Witwe, die Fäden spinnt. Um das Mädchen für sich zu gewinnen, reist der Held von Bremen nach Belgien, um dort Schulden einzutreiben, erleidet einige Unannehmlichkeiten,

* ALZ, 1793, Bd. 3, Nr. 225.

** Roberto Simanowski: *Die Verwaltung des Abenteuers. Massenkultur um 1800 am Beispiel Christian August Vulpius.* Göttingen: Vandenhoeck und Ruprecht 1998, S. 174.

zu denen auch die Begegnung mit dem scherwütigen Geist gehört, findet einen Schatz, kehrt reich heim und heiratet letztendlich seine Geliebte. Die Geschichte um Franz Melchior findet sich aber auch im *Buch der Welt* (Stuttgart 1849). Dort erzählt Franz Hoffmann unter dem Titel *Der Kaufmann von Bremen* eine identische Geschichte, lediglich der Pilger spielt nicht so deutlich auf Jesus Christus an wie noch bei Musäus. Vor 100 Jahren diente er einem König, der seine Gäste des Nachts rasieren lies und sie anschließend auf die Straße trieb und ihnen »Kahlkopf! Kahlkopf!« hinterherrief, ehe ein Pilger den Barbier verfluchte.

In dieser Edition wurden einige der grausigsten Variationen von bekannten und weniger bekannten Märchen zusammengetragen. Ob Giambattista Basile, der in *Bestrafter Hochmut* eine *Drosselbart*-Urfassung vorlegte, in der die hochmütige Prinzessin nicht etwa nur verkauft, sondern von ihrem unglücklichen Freier im Schlaf vergewaltigt wird, oder Alexander von Ungern-Sternberg, dessen Rotkäppchen sich eines äußerst aufdringlichen ›Verehrers‹ erwehren muss, oder Karl Bartschens Aschenputtel, das zwar keine Probleme mit einer Stiefmutter oder unerzogenen Schwestern bekommt, sich dafür aber mit einem pädophilen Vater herumschlagen muss, oder Marie-Cathérine d'Aulnoys Rapunzel, die erst Angst vor ihrem Retter hat, ihm sich jedoch bald freudig hingibt, oder Charles Perraults Dornröschen, deren langer Schlaf noch ihr geringstes Problem darstellt. Viele der hier präsentierten Märchen spielen, wie man sieht, auf Ängste oder beängstigende Lebenseinschnitte an, behandeln ähnliche Themen und Motive. Die vorangegangenen Deutungsvorschläge sollen den Leser dazu inspirieren, selbst Märchenmotive zu deuten und Texte miteinander zu verbinden. Aus diesem Grund wurden im Inhaltsverzeichnis auch einige Märchen, wie z. B. *Bestrafter Hochmut* oder *Nennillo und Nennella*, mit Hinweisen auf ihre heute gebräuchlichen Titel (bzw. die heute bekannten Varianten) versehen, die der Orientierung des Lesers dienen. Doch auch die Biografien einiger Märchensammler sollen nicht unerwähnt bleiben, etwa die von Madame d'Aulnoy, die ein Leben wie aus einem französischen Schundroman führte – sie alle finden sich anbei. Es zeigt sich: Die Welt der Märchen gestaltet sich weitaus grausiger als es heutige Leser vermuten würden. Alle, die sich fragten, wo die Angst denn hin ist, die man in Kindertagen vor manchen Märchen verspürte, finden sie in dieser Edition.

Zu den Autoren

Giambattista Basile

1575–1632. Basile war ein italienischer Schriftsteller. Zu seinem Werk zählen neben Märchen auch Dramen und Poesie, von denen jedoch lediglich das *Pentamerone* bis heute nachwirkt. Vielerlei Motive lassen sich in seinen Märchen bestimmen, die später auch bei den Brüdern Grimm, Ludwig Bechstein oder Charles Perrault Verwendung fanden. *Aschenputtel, Rapunzel, Allerleirauh, Das Mädchen ohne Hände* – aber auch *Dornröschen, Hänsel und Grethel* und *König Drosselbart* gehen auf sein Werk zurück. Eine Verfilmung seiner Märchen entstand unter dem Titel *Das Märchen der Märchen (Il racconto dei racconti)*, die *Der Floh, Die geschundene Alte* bzw. *Die entdeckte Alte* und *Die hinterlistige Hirschkuh* zusammenfasst und mit Salma Hayek und Vincent Cassel prominent besetzt wurde.

Marie-Cathérine d'Aulnoy

Ca. 1650–1705. Marie d'Aulnoy sprach mehrere Sprachen. Ihre Mutter intrigierte zusammen mit zwei Mitverschwörern gegen ihren Ehemann und beschuldigte ihn der Majestätsbeleidigung, um so an das Vermögen des Schwiegersohns zu gelangen, was ihm eine Haftstrafe in der Bastille einbrachte. D'Aulnoys Mutter gelang – nachdem ihr Schwiegersohn seine Unschuld beweisen konnte – die Flucht; ihre Mitverschwörer wurden hingerichtet, d'Aulnoy selbst lebte zu dieser

Zeit in einem Kloster und wurde von ihrem Gemahl enterbt, da ihre Verwicklung in die Verschwörung nie geklärt werden konnte.

Später begründete sie einen literarischen Salon und veröffentlichte ab 1690 diverse Romane. Nachdem d'Aulnoy, deren Mutter inzwischen als Doppelagentin tätig war, erneut in Verruf geriet, an der Beseitigung eines unliebsamen Ehemanns beteiligt zu sein (diesmal handelte es sich um den Gemahl ihrer Freundin), ging sie erneut ins Kloster. Bereits vor Charles Perrault veröffentlichte sie Märchen für ein erwachsenes Publikum.

Charles Perrault

1628–1703. Perrault arbeitete zeitlebens als Beamter in Paris, sammelte aber auch Märchen, die z. B. die Brüder Grimm, aber auch Walt Disney und Pjotr Iljitsch Tschaikowski stark beeinflussten. Von ihm stammen etwa *Rotkäppchen, Blaubart, Der gestiefelte Kater* oder *Aschenputtel.*

Christian August Vulpius

1762–1827. Christian August Vulpius wurde vor allem als Autor des *Rinaldo Rinaldini* bekannt, jenes Romans, der zu den größten Erfolgen seiner Zeit zählte und auch heute noch Bestandteil der Populärkultur ist. So entstanden eine Vorabendserie, ein Schlager, oder ein Comic, der die Geschichte aufgreift – aber auch sein deutsches Libretto zu Mozarts *Die Zauberflöte* brachte es zu nachhaltiger Bekanntheit. Während seiner Schulzeit verfasste er eine umfassende Bildgeschichte *Geschichte der auf der Insul Brolingsbrogh errichteten Kolonie*, die zuletzt etwa von Julian Auringer oder Dietrich Grünewald erforscht wurde. Vulpius war Vielschreiber, Bibliothekar und Bruder von Christiane Vulpius, der späteren Ehefrau Johann Wolfgang von Goethes, sollte aber nicht nur auf diese Verwandtschaftsbeziehung reduziert werden.

Karoline Stahl

1776–1837. Stahl arbeitete als Pädagogin, Schriftstellerin und Erzählforscherin im baltisch-russischen, aber auch deutschen Raum. Ihre Sammlung *Fabeln, Mährchen und Erzählungen für Kinder* beeinflusste die Brüder Grimm, die *Schneeweißchen und Rosenrot* (bei Stahl: *Der undankbare Zwerg*) adaptierten. Als Jugendbuchautorin genoss sie hohes Ansehen.

Brüder Grimm

Jacob (1785–1863) und Wilhelm Grimm (1786–1859) gelten als Begründer der Germanistik. Sie waren als Sprachwissenschaftler und Märchensammler aktiv, prägten das Bild vom Märchen wie niemand sonst. Bis heute werden die *Kinder- und Hausmärchen* publiziert und in andere Medien übertragen, doch auch ihr *Deutsches Wörterbuch* wird stetig erweitert. Der Name Grimm steht heute stellvertretend für den Begriff *Märchen*.

Karl Bartsch

1832–1888. Bartsch war ein deutscher Mediävist (Fachbereich: Mittelalter) sowie Altphilologe und begründete in Rostock das erste Germanistische Institut. Er studierte u. a. bei Wilhelm Grimm und promovierte 1853. Sein Wunsch, Schauspieler zu werden, scheiterte. Nach diversen Tätigkeiten, u. a. als Hauslehrer und Bibliotheksmitarbeiter – wurde er zum Professor berufen. Neben Märchen erforschte er auch deutsche Liederdichter des 12. bis 14. Jahrhunderts.

Anton Birlinger

1834–1891. Birlinger studierte katholische Theologie sowie Germanistik und wurde zum Priester ordiniert, forschte aber weiterhin zu germanistischen Themen und kritisierte den Katholizismus. Inzwischen auch als Theologieprofessor tätig, setzte er sich für Wissenschaftsfreiheit ein, ehe er eine Professur für deutsche Philologie annahm und sich nach und nach aus dem Priesteramt zurückzog. Zeitlebens sammelte er Sagen, Redewendungen und Märchen, gab aber auch Wörterbücher heraus und forschte zur Medizingeschichte.

Carl und Theodor Colshorn

Ludolph Louis Theodor Colshorn (1821–1896) wirkte im Raum Hannovers als Schriftsteller und Lehrer. Einen Ruf zum Professor lehnte er ab, um weiter unterrichten zu können. Sein Bruder Carl Colshorn (1812–1855) arbeitete als Kantor. Mit den Brüdern Grimm befreundet, veröffentlichte man neben *Des deutschen Knaben Wunderhorn* auch, zusammen mit seinem Bruder, *Märchen und Sagen aus Hannover*. Bei dem wohl bekannteste Märchen der Brüder Colshorn handelt es sich um

Vom dicken fetten Pfannkuchen, das z. B. in *Die Sendung mit der Maus* adaptiert wurde.

Friedrich Gottschalck

1772–1854. Gottschalck studierte Rechtswissenschaft in Göttingen und verdiente sich als Hofrat, gab aber auch Sagensammlungen sowie Reisebücher heraus. Sein *Almanach der Ritterorden* von 1817 wurde zum Standardwerk. Noch vor den Brüdern Grimm gab er eine Sagen- und Volksmärchensammlung heraus.

Johann Heinrich Lehnert

1782–1848. Pfarrer und Schriftsteller, der ab 1815 Märchen- und Sagensammlungen herausgab. Märchen der Brüder Grimm und Charles Perrault wurden von ihm entschärft; hier wurde seine charmante Schneewittchenvariante übernommen – eines der harmloseren Märchen dieser Sammlung.

Alexander von Ungern-Sternberg

1806–1868. Peter Alexander Freiherr von Ungern-Sternberg war deutscher Maler, Erzähler, Politiker sowie Poet. Als Redakteur tätig, studierte er auch Literaturgeschichte, Rechtswissenschaften und Philosophie. Er verkehrte mit den Künstlern des Berliner Salons – wie etwa dem Märchenautor Ludwig Tieck.

Adalbert Kuhn

1812–1881. Begründer der linguistischen Paläontologie und vergleichender Mythologie, sowie Indogermanist, Mythologie, Gymnasialdirektor und Mitglied der Akademie der Wissenschaften. Von Grimms Standardwerk zur Mythologie angeregt, sammelte er Sagen und Gebräuche zu denen er mehrere Bände veröffentlichte. Kuhns Wirken darf für seine Forschungsstränge als grundlegend bezeichnet werden.

Ernst Meier

1813–1866. Orientalist und Erzählforscher, der als Professor in Tübingen wirkte und sich mit der hebräischen und phönikischen Sprache widmete. Er sammelte zudem Märchen, Sagen, Lieder und orientalische Münzen. Unter dem Pseudonym E. Minneburg veröffentlichte er Gedichte.

Johannes Wilhelm Wolf

1817–1855. Arbeitete in einem kaufmännischen Beruf, ging aber nach Belgien, um dort flämische Überlieferungen zu studieren. Zusammen mit seinem Schwager Wilhelm von Ploennies (Wolf war mit der Tochter der Poetin Luise von Ploennies verheiratet) befragte er Soldaten nach Märchen und Sagen.

Karl Müllenhoff

1818–1884. Mediävist. Professor für Literatur und Altertumskunde sowie Deutsche Philologie. Neben Märchensammlungen publizierte Müllenhoff vor allem zu sprachwissenschaftlichen Themen sowie der Altertumskunde.

Ulrich Jahn

1861–1900. Volkskundler, Germanist und Erzählforscher. Jahn suchte in diakonischen Einrichtungen und auf Wanderungen nach Märchen, deren großer Umfang überrascht. Jahn, selbst ausgiebig als Wissenschaftler in diversen Bereichen tätig, richteten sich zumeist an ein ebenfalls wissenschaftliches Publikum. Erfolgreich waren seine Sammlungen allerdings erst durch nichtwissenschaftliche Nachdrucke, die sich an ein normales Publikum richteten und in ihrem Umfang deutlich reduziert waren.

Karl Spiegel

1863–1920. Spiegel arbeitete als Lehrer und sammelte Märchen. Er war Mitbegründer des *Vereins für bayerische Volkskunde und Mundartforschung.*

Josef Müller

1870–1929. Müller war Pfarrer in einem Krankenhaus und sammelte Volkssagen, die ihm die dort behandelten Menschen zutrugen. Dabei tauschte er die Geschichten aus: Zuerst erzählte er eine Sage, dann hörte er seinen Gesprächspartnern zu und notierte die Erzählungen. Anders als andere Märchen- und Sagensammler suchte er demnach abseits literarischer Quellen, was den besonderen Charme dieser Erzählungen ausmacht, in denen es folglich recht derb zugeht. *Die Sennentunschi* wurde zweimal verfilmt (2010 unter gleichem Titel und 1989 als *Sukkubus – Den Teufel im Leib*).

Textnachweis

Die Texte wurden an die neue Rechtschreibung angepasst und entstammen folgenden Sammlungen:

Bartsch, Karl: *Sagen, Märchen und Gebräuche aus Mecklenburg* (1880)
Basile, Giambattista: *Das Pentamerone – Das Märchen der Märchen* (1634/36, hier: 1846)
Birlinger, Anton: *Volksthümliches aus Schwaben. Sagen, Märchen, Volksaberglauben.* Erster und zweiter Band (1861)
Colshorn, Carl und Theodor: *Märchen und Sagen* (1854)
Gottschalck, Friedrich: *Die Sagen und Volksmährchen der Deutschen* (1814)
Grimm, Jacob und Wilhelm: *Kinder- und Hausmärchen* (1812/15)
Grimm, Jacob und Wilhelm: *Kinder- und Hausmärchen* (1819)
Jahn, Ulrich: *Volksmärchen aus Pommern und Rügen* (1891)
Kuhn, Adalbert: *Märkische Sagen und Märchen nebst einem Anhange von Gebräuchen und Aberglauben* (1843)
Lehnert, Johann Heinrich: *Mährchenkranz für Kinder* (1829)
Meier, Ernst: *Deutsche Volksmärchen aus Schwaben. Aus dem Munde des Volks gesammelt* (1852)
Müllenhoff, Karl: *Sagen, Märchen und Lieder* (1845)

Müller, Josef: *Sagen aus Uri* (1926–1929).
Perrault, Charles: *Märchen nach Perrault.* Neu erzählt von Moritz Hartmann (1867)
Schulz, Friedrich: *Kleine Romane.* Fünfter Band (1790). Bei *Rapunzel* handelt es sich um eine Übersetzung nach Marie-Cathérine d'Aulnoy
Spiegel, Karl: *Märchen aus Bayern* (1914)
Stahl, Karoline: *Fabeln, Mährchen und Erzählungen für Kinder* (1818)
Ungern-Sternberg, Alexander von: *Braune Märchen* (1850)
Vulpius, Christian August: *Erzählungen aus der Ritter- und Geister-Welt* (1792)
Wolf, Johann Wilhelm: *Deutsche Hausmärchen* (1851)

Bildnachweis

Alle Bilder entstammen den Bilderbogen des 19. Jahrhunderts und sind Ausschnitte derselben. Die Quellen sind hier in der Reihenfolge des Abdrucks in diesem Buch genannt.

Seite 7: Münchener Bilderbogen Nr. 355: Wie der Hase den Fuchs prellt. Anton Kraus, 1863.
Seite 15: Deutsche Bilderbogen für Jung und Alt Nr. 167: Eine Geistergeschichte. Otto Brausewetter,
Datum unbekannt.
Seite 29: Deutsche Bilderbogen für Jung und Alt Nr. 124. Dornröschen. Wilhelm Simmler, um 1870.
Seite 34: Rheinischer Kunstverein: Aschenputtel. Eugen Napoleon Neureuther, 1847.
Seite 38: Münchener Bilderbogen Nr. 136: Maskenzug. Karl Stauber, nach 1871.
Seite 51: Münchener Bilderbogen Nr. 989: Frosch-Soiree. M. Mandl, 1889.
Seite 68: Deutsche Bilderbogen für Jung und Alt Nr. 43: Schneewittchen (nach Grimm). Theodor Hosemann, 1868.
Seite 72: Münchener Bilderbogen Nr. 156: Allerneuestes Schattenspiel für die lieben Kinder. Mit schönen Sprüchlein. Dritter Bogen. Franz von Pocci, zweite Hälfte des 19. Jahrhunderts.
Seite 77: Münchener Bilderbogen Nr. 989: Frosch-Soiree. M. Mandl, 1889.

Seite 82: Deutsche Bilderbogen für Jung und Alt Nr. 211: Doktor Faust in der Volkssage. Otto Brausewetter, um 1871.

Seite 89: Deutsche Bilderbogen für Jung und Alt Nr. 53: Hänsel und Grethel (nach Grimm). Theodor Hosemann, 1879.

Seite 114: Münchener Bilderbogen Nr. 375: Das Lumpengesindel. Karl Appold, 1864.

Seite 122: Münchener Bilderbogen Nr. 989: Frosch-Soiree. M. Mandl, 1889.

Seite 137: Münchener Bilderbogen Nr. 216: Rapunzel nach Grimm von Otto Speckter 1857. Otto Speckter, 1857.

Seite 145: Münchener Bilderbogen Nr. 155: Allerneuestes Schattenspiel für die lieben Kinder. Mit schönen Sprüchlein. Zweiter Bogen. Franz von Pocci, zweite Hälfte des 19. Jahrhunderts.

Seite 169: Münchener Bilderbogen Nr. 224: Die Kunststücke des Zauberers Carmosinis. Carl Stauber zweite Hälfte des 19. Jahrhunderts.

Seite 179: Münchener Bilderbogen Nr. 44: Die guten Freunde. Moritz von Schwind, 1850.

Seite 201: Münchener Bilderbogen Nr. 95: Blaubart. Franz von Pocci, 1852.

Seite 211: Deutsche Bilderbogen für Jung und Alt Nr. 103: Photographenleiden. Carl Reinhardt, 1869.

Seite 217: Deutsche Bilderbogen für Jung und Alt, Nr. 67: Schneider's Höllenfahrt. Moritz Meurer, 1868/69

Seite 222: Münchener Bilderbogen Nr. 285: Kleine Schattenbilder. Zeichner unbekannt, 1860.

Die Initiale entstammen folgenden Bilderbogen:

Münchener Bilderbogen Nr. 171: Bilderbogen-Alphabet. Erster Bogen. Franz von Pocci, zweite Hälfte des 19. Jahrhunderts.

Münchener Bilderbogen Nr. 172: Bilderbogen-Alphabet. Zweiter Bogen. Franz von Pocci, zweite Hälfte des 19. Jahrhunderts